Kadokawa Fantastic Novels

CONTENTS

咦，一手包辦公司系統的我被開除了嗎？ 1

下城米雪 作者

icchi 插畫

Kadokawa Fantastic Novels

佐藤

第0話 突然被開除

「咦，一手包辦公司系統的我被開除了嗎？」

系統管理室。

這裡是管理「奧拉比系統」的辦公室，該系統整合了公司內部所有系統。

很少來露臉的部長告知完，我簡直不敢相信自己的耳朵。我愣了一會兒後這麼問道，部長天生的八字眉顯得更垂，回答我：

「妳還記得之前有個穿著閃亮西裝的男人來參觀嗎？」

「啊～～站在後面那個。」

「我說過公司要換老闆吧？」

「啊。」

我立刻會意過來。我總是穿著Cosplay服工作，當時穿的是……

「魅魔裝，很性感的那種。」

「是啊，我們早就看習慣了，但第一次看到的人應該無法接受。」

「這並沒有違反公司的規定啊。」

「可是新老闆無法接受。」

我繼續問下去，才明白新老闆打算用裁員來降低成本。

這就是所謂的工作方式改革。這幾年，有許多大企業都開始重新審視工作項目。

我們有很多職務都是以舊系統為出發點設計的。因此新老闆認為如果以新系統為出發點重新設計職務，應該能改善大家的工作效率。

新老闆判斷有幾個部門是不必要的，因而縮小部門，多出來的人大多轉到其他部門，若還有剩餘的人，公司便要求他們「自願離職」。

說是自願離職，但並不是每個人都是自願的。其實就是資遣。

那麼要開除誰呢？

按照一般社會的觀點，像我這種穿著奇裝異服來上班的人，通常會最先被挑出來。

「他腦袋還正常嗎？」

我真心這麼問。

現在公司內部所有系統在運作時，都得經過奧拉比系統。而奧拉比系統由我一個人操作，要是沒有好好交接，肯定有好幾項工作都會出問題。

「我也委婉地跟他表達這麼做簡直是瘋了。」

「您說出口了嗎？」

「但沒有用，所以我決定開始找新工作了。」

「您好積極喔。」

「對一名主管來說，判斷力是很重要的。」

部長露出苦笑，懷念地摸了摸手邊一台螢幕。

「這間公司從以前就不怎麼重視技術人員。自動化的確可以降低工作量和人力成本，不過……」

部長說到這裡停了下來。

見到他苦悶的表情，我愣愣地回想起一些往事。

我內心浮現各種情緒，然而很難用言語表達。見部長一臉難過，我的心也很痛。

「佐藤小姐，真抱歉。」

「不，部長不需要道歉。」

「不是的，都怪我沒好好告訴他你們的奮鬥歷程。我跟他爭論了一會兒，他最後竟反問我：『一個人就能處理好的工作，真的有必要存在嗎？』」

部長嘆了口氣，死心似的喃喃說道：

「……我連回話的力氣都沒了。」

而後部長依依不捨地環視整間辦公室。

這間辦公室以前配置了十名以上的員工。隨著自動化發展，人越來越少，最後只剩我一個人。

「好了，我從今天起要把特休休完。先走了。」

「啊，好的。您辛苦了。」

於是我丟了工作。

基於法律考量，不會有人對我說「妳明天起就不用來了」，形式上會說是我「由於個人因素離職」，並跑完正式流程。如果有心，還是可以向公司求情……但我已經沒有力氣這麼做了。

開除、開除、開除……不知是不是因為沒有現實感，我不太能理解這個事實，只是覺得有點不甘心。

我是在六年前進入這間公司的。

和一般人一樣大學畢業後，以新鮮人身分進公司。

當時我被分配到一個很操的部門。

加班到深夜很正常。

在公司過夜也非稀奇的事。

和我同期進去的同事眼神一天天失去活力。

主管的眼神則總是像在凝視深淵般。

三餐都吃Cal◯rieMate能量食品，每天狂灌◯牛，逐漸習慣睡在三張並排的椅子上。

我就是不想過這種生活才選了知名的良心企業，卻好死不死抽中下下籤。

最痛苦的，莫過於工作剝奪了我的私人時間。

我是平成出生的理科生。我們這一代又稱數位世代，我從青春期開始就在使用智慧型手機看漫畫、動畫和夢小說，簡單來說就是個阿宅。

一個人要健康地活著，需要「蛋白質」、「醣類」、「脂質」等三大營養素。不過對一個阿宅而言，還要有「ＡＣＧ」才活得下去。

ＡＣＧ超棒的，可以提升免疫力。

看一集動畫，連流感都會好起來。資料來源就是我本人。

動畫從我的生命中被奪走，我的心靈呈加速度變得越來越貧瘠。

回過神來才發現，我也成了「動畫」的一分子。

我幾乎是無意識地製作Cosplay服，然後穿在身上。

結果呢？難過的時候，我就能聽見喜歡的角色對我喊話。

——小愛加油！

——嗯！我會加油的！

最後，我終於凌駕於熵。翻譯成白話文：我開始致力於實現自動化。

自動化是可以守護人命的力量。

理論上來說，所有用電腦執行的工作都可以自動化。手動要花一小時才能完成的工作，由程式來做可能花不到一分鐘。若能將所有工作都自動化，我們就不需要拚命熬夜工作。

我成功了。

藉著同事和角色的力量，花了五年將所有工作自動化。

到頭來卻被公司開除。

這樣的結局真是令人傻眼。

工作方式改革。近年來這個詞和自動化一起受企業推行。

經營者或許只能透過數字了解工作狀況，但不能忘記背後還有一群奮鬥的技術人員，絕對不能忘記。新老闆竟然忘了這點，說什麼「一個人就能處理好的工作，真的有必要存在嗎」，那麼賭上性命獨自攬下這些工作的我們，除了怒吼外別無選擇。

「開什麼玩笑！」

＊　＊　＊

之後過了一個月。

我還剩下三十幾天特休，但仍想工作到最後一刻。

我想在離開前做好系統管理，寫好操作手冊。現在雖然也有操作手冊，但那比較像給開發者看的筆記，不是給初次接觸的人看的。

儘管對公司很火大，系統和繼任的工程師並沒有錯。我想要完成自己的職責。

然而公司的回應卻是叫我「快滾」。

我只好不甘願地照做。

頭兩個星期，我什麼都沒辦法思考，整天就是睡覺、起床、看動畫再睡覺，每天都很空虛。

隔週，我開始消化之前買了沒動的漫畫、小說和遊戲。過得很幸福，但一躺進被窩閉上眼睛，腦袋就被殘酷的現實占據，連夢都沒辦法作。

再隔週，我沉迷於社群遊戲。我的存款並不多，前前後後卻花了約十萬圓在遊戲上。內心空虛不已。

接著就到了現在。

我去秋葉原大買特買後，回程進到一間家庭餐廳，豪飲我最愛的哈密瓜蘇打。

我坐在靠牆的單人座，旁邊坐著一個穿西裝的男人。店裡很多人，吵雜的交談聲從四處傳來，仔細一聽幾乎都是在抱怨工作。

我的理智斷線了，一定是受到這充滿抱怨的環境影響。

這股憤怒情緒不知是經過一個月的醞釀還是突然產生的，總之我就這麼爆發了。

「開什麼玩笑、開什麼玩笑、開什麼玩笑！」

我成了獨自大吵大鬧的怪人。雖然對隔壁的男人有點抱歉，但我已經沒有心力顧及別人的心情。

「咦？妳是佐藤嗎？」

「什麼！你看什麼看！」

我回話的語氣像個醉鬼一樣。

「哈哈哈，看樣子……妳是在喝酒嗎？」

「哈密瓜蘇打裡怎麼可能加酒精啊！」

我發火了。來搭訕的陌生男子顯得很困惑。

「妳好像喝了很多。還記得我嗎？」

資訊：西裝，年輕人，長得滿帥的。

「誰認識你！」

「啊哈哈，是嗎？不記得了啊。」

帥哥有些失落地低下頭。那模樣讓我隱約想起一個人。

「你是鈴木嗎？」

「哪個鈴木？」

「愛哭鬼鈴木。」

「好過分，不過答對了。好久不見。」

啊～～有他的神韻！的確有他的神韻！

「喔～～鈴木～～！好久不見～～！你怎麼變得這麼圓滑啊？最近在幹嘛？」

「哈哈哈，很痛啦。佐藤妳都沒變呢。」

「什～～麼佐藤？跟以前一樣叫我小愛就行了。」

「那妳也叫我小健吧。」

就這樣，我和青梅竹馬出社會後偶然重逢。我們聊得很起勁，一點也不像很久沒見。

我和他小時候每天玩在一起，但上了國中加入社團後越來越少見面，升上高中就開始疏遠，斷了聯繫。就只是這樣的關係。

不過我們還是有聊不完的話題，像是高中參加什麼社團，大學念哪裡之類的。
「哇，你創業了啊，好酷喔～～」
「如果只是創業，任誰都做得到。」
我們聊到他幾個月前成立新創公司的事。
我真心稱讚小健，他只謙虛地露出一個含糊的笑。
創業。我和這種事無緣，但有點感興趣，便將肩膀微微移向他問：
「你們公司在做什麼？」
「我不好意思說啦……那小愛妳在做什麼工作？」
「我？我啊～～丟了工作～～」
「……抱歉問妳這種事。」
我拍了他的背，要他別在意。
接著一口氣喝完剩下的哈密瓜蘇打，語調一沉說：
「技術人員為什麼會受輕視呢？」
這只是在自言自語。
「我們念這麼難的東西，這麼努力，號稱高專業人才，工作雖然好找，但薪水也沒特別高。每天過著爆肝生活，勞心勞力替公司實現自動化，卻換來一句『我們不需要妳了，拜拜』。這樣難道不過分嗎？」

說這些真的很沒意義。我只是個在工作改革下被裁員的失敗者，在說些沒用的抱怨。

這種話本來不該在人前說的。我內心明白該和小健聊些開心的事，但嘴巴還是停不住，無處發洩的情緒接連湧出。

「我努力過了啊！」

惡劣、嚴峻等詞已不足以形容我的職場，那裡如字面上的意思，是個「搏命」的地方，實際上真的有同事累到心理出問題。我第一次穿著Cosplay服出現時，周圍的人也發出了「啊！」的驚呼。

儘管如此，我，我們，還是很努力，沒有逃跑，老實地將工作一一自動化。

這是為了自己，也是為了同伴。

我永遠不會忘記達成目標那個瞬間，平時沉默寡言的同事們發出的歡呼，擊掌後掌心感受到的熱度。這一切我都不會忘記，也不可能忘記。

「……我真的，努力過了啊。」

難以表述的心情化作淚水，從眼眶滑落。

我的驕傲、寶物、回憶、成果，公司全都不當一回事。

我並不奢求什麼。既不想要與成果相應的報酬，也不想報復這個沒有形體的公司，或給開除我的新老闆一點顏色瞧瞧，我內在完全沒有這類負面衝動。

「……好不甘心。」

我只喃喃說了這麼一句。

其他已經沒什麼好說的了。

「呃，小愛。」

「抱歉，忘了我說的吧。」

我打斷他，說了：

「經營新創公司很辛苦吧？所以……不必因為同情而僱用我。」

「……」

似乎被我說中了。小健閉上嘴，尷尬地別過視線。

不久後，我們結了帳。分開前，小健問我：

「對了，妳之前是在哪間公司？」

「RaWi公司，還滿大的，你聽過嗎？」

「當然聽過，很厲害耶。」

「只是間黑心公司罷了。」

他拉住想要離去的我，追問道：

「妳認識……佐藤嗎？」

「我就是佐藤啊。」

「啊哈哈，也是啦……」

「開玩笑的。不過……嗯～～除了我之外還有別的佐藤嗎？」

我在公司待了六年。佐藤是個常見的姓，但我在公司一次也沒見過。

「妳聽過奧拉比系統嗎？」

「喔～～你竟然知道，那是我寫的。」

小健瞪大眼睛，突然抓起我的手說：

「我一直在找妳。妳就是我要的人。」

「……什麼？」

這當然不是在求婚。

只是一名想找優秀工程師的新創公司老闆想要招攬我而已。

「可是，我已經厭倦工作了……」

「妳是最棒的工程師！」

「喂喂，你幹嘛？太大聲了啦。」

「奧拉比系統簡直是藝術品，我沒看過比那更好的系統。然而寫出系統的妳卻……我無法接受這種事，完全無法接受。」

我倒抽口氣，抬起頭。

「……你幹嘛哭啊？」

「我太不甘心了。」

兒時玩伴已蛻變為成熟男人。他和以前一樣淚眼汪汪地看著我，不同的是他這次沒有別開視線。

「……幹嘛啦？」

頭一次由我先別開目光。

臉好熱，心也好熱。我一直想聽到的，大概就是這種話。

「我答應妳，我會改變世界，創造一個能讓妳發光發熱的地方。」

從結論上來說，我答應了兒時玩伴的邀請。

理由有好幾項。

其中最重要的就是，他答應我可以穿著Cosplay服上班。

side - 描繪於虛空中的遠景圖

RaWi股份有限公司。

以AI與資訊科技為主的上市企業。

近年來公司內部系統的自動化提升了獲利率，另一方面卻因投資事業失敗導致業績低迷。前老闆辭職以示負責，由一名在國外立下許多功績的人接任。

「這間公司將脫胎換骨。」

老闆辦公室。

新老闆望著窗外喃喃說道。

「是的，您的手腕真令人讚嘆。」

一旁的祕書吹捧道：

「您重整組織，維持原本的工作項目，並成功刪減大量人事費用。不只是縮小規模，還完美計算了新組織的加乘效果。成效還要一陣子才會反映在數字上，不過收益肯定能增加兩位數。」

「兩位數而已嗎……我希望至少上升為原來的兩倍。」

「考慮到公司規模，這樣的成果已經很不錯了。」

「謝謝。」

新老闆安心地笑了，將視線從窗外移到祕書身上。

「變化必然會帶來問題。公司內部有沒有什麼反彈的聲音？」

「……關於這點，有個解散的部門轉職率異常地高。」

「具體來說呢？」

「請看這裡。」

祕書操作平板向老闆展示資料。

「喔，是這個部門。」

「您有印象嗎？」

「印象很深。那裡有個穿著Cosplay服的怪女人坐在電腦前。」

「噗，Co、Cosplay嗎……不好意思。」

這個意想不到的詞令祕書失笑。

「沒關係，我當時也忍不住笑了出來。」

老闆辦公室裡響起愉快的談笑聲。

「我查了一下，發現那裡管理重要的系統，不過實際上執行業務的只有一個人。重要的系統已經自動化，操作手冊也備齊了。」

「根本是……」

「沒錯，根本是不必要的成本。」

新老闆不屑地說完，再度望向窗外。

「我見過太多心高氣傲的員工，他們只不過稍微辛苦一點，就以為自己是獨一無二，使公司耗費不必要的成本。砍成本就是要砍掉這些人。身為一個經營者，就算被前員工怨恨也要促進公司發展。」

新老闆說到這兒停了下來。

他繼續望著窗外，問祕書：

「我這樣想有錯嗎？」

「當然沒有，您說得太對了。」

「……是嗎？謝謝。」

他眼中只看得見成功。

只看得見不斷上升的業績「圖表」，以及不斷增加的營收「數值」。

第1話　受夠了多工生活

我叫佐藤愛，今年二十八歲！

我是隨處可見的普通上班族，卻在公司換老闆時被裁員，嚇死人了！後來在家庭餐廳被偶然重逢的青梅竹馬招攬，得到了工作！我究竟會何去何從呢？

咦？二十八歲的人不能用少女漫畫式的前情提要嗎？

……少囉嗦啦，你想被扣上政治不正確的帽子嗎？

糟糕糟糕！殺意都湧上來了♪

總之，我得到工作後便前往他的事務所！身上穿的當然是Cosplay服！

「妳真的穿著Cosplay服來啦？」

「搭電車時是便服。剛剛在那裡換的！」

小健面無表情地說了聲「那就好」。

「先把契約簽一簽吧，妳隨便找個位子坐。」

「看到魔法少女服就想到契約，你是天才嗎？」

小健露出苦笑，開始翻找書桌抽屜。

……苦笑啊。算了，他總是這樣！

「這裡有其他員工嗎？」

「還有另外兩個人，現在在外面跑業務。」

「總共三個人啊？真的才剛起步呢。」

「對啊，在這個時間點遇到妳真是太好了。」

小健瞥了我一眼，對我微笑。

我忽然想起前幾天的事。

——妳是最棒的工程師！

——我會創造一個能讓妳發光發熱的地方。

哇～～！哇～～哇～～！到底在說什麼啦～～！好害羞喔！討厭！

「久等了，這是僱用契約書和公司規定，妳有帶印章吧？」

我盯著他看。回憶裡的他是個愛哭的小不點，現在卻——

「怎麼了？」

「……有夠跩的。」

「呃？」

「沒事！」

我接過文件，含糊帶過。這心情肯定就是所謂的吊橋效應，一定是。

「上面沒什麼奇怪的內容吧～～？」

「是一般的文件。」

「我看看～～」

結婚書約

丈夫

姓名

地址

妻子

姓名

地址

「呃～～？」

「有看不懂的地方嗎？就一般的——」

我和那張「契約書」之間彷彿有一顆流星閃過。

「那個好像是不小心黏到的，這才是真正的僱用契約書。」

他給了我真的契約書，但剛才的衝擊太大，我還轉換不過來。

「……你要結婚喔？」

「不，可悲的是我根本沒機會認識女生。這應該……是區公所的承辦人員不小心疊在一起的吧。」

不不，怎麼可能？我一方面這麼想，另一方面卻又放下心來。

我「啪」地拍了一下自己的臉。

「嚇我一跳，妳怎麼了？」

「別在意，這是我的習慣。」

我今天好像有點怪怪的，所以拍了臉頰轉換心情。儘管和青梅竹馬共處一室，現在可是簽契約的重要時刻。

自動化，程式設計。我的工作就是寫出一個不存在正確答案的系統。一個分神就可能犯下意料之外的失誤，日後才會出現弊害，最糟糕的情況可能要重寫該部分。

因此我學會了瞬間集中精神的方法。這是我在無數的爆肝日子裡學到的技能之一。

我將各種文件都看過一遍，並不是因為懷疑小健，只是要確認所有細節。

結果那只是普通的契約。我以客觀角度判斷沒有問題後，填入必要資訊並蓋章。

「嗯，謝謝。」

他簡單確認過內容，將文件放入新的資料夾中。

「接下來本來該向妳說明契約內容和工作上的細節……但請容我先道歉，對不起。」

怎麼了？就在我感到疑惑時，他一臉尷尬地說：

「我正好在妳來之前接到了通知……再過三十分鐘，我們值得紀念的第一個客戶就要來了。」

「……什麼？」

「真的很抱歉。」

他抱著頭深深嘆了口氣。看來員工中有疏於報備的問題人物。

「沒關係！這是好事，你應該自豪公司開始忙起來了。」

「……謝謝，妳從以前想法就很正面。」

聽見他真心的感謝，我有些害羞。

「我該做些什麼？」

「簡言之，我們經營的是程式設計補習班。」

「喔～～最近很流行。」

「細節待會再說。小愛，不，佐藤……」

他望向我這身衣服。我明白他的意思，便提議：

「我該去換掉嗎？」

「這樣就違反契約了，不用換沒關係。待會主要會由我來接待客戶，妳就坐我旁邊……不，還是坐遠一點……坐我旁邊好了。」

看得出他內心很掙扎。

有哪間程式設計補習班的人會穿著魔法少女Cosplay服接待第一位客戶？照常理來說，我應該去換衣服。不過他是老闆，我決定聽他的。絕對不是因為我不想脫下這身戰鬥服，絕非如此。

「基本上妳什麼都不用說，不過可能會有一些我無法回答的問題。到時候要再麻煩妳幫忙。」

「我知道了。」

他稍稍長嘆一口氣。

「再次向妳道歉。我緊張到胃怪怪的。」

「了解。如果對方早到，我可以幫忙接待。」

「這……沒事，麻煩妳了。」

他帶著緊繃的表情起身離開座位。

大約五分鐘後，第一位客戶現身了。

＊　＊　＊

他叫小田原茂，三十二歲，和妻子與兩個小孩住在東京的大廈。白天是一名工作內容豐富的正職上班族，但說得難聽點，他只是在人手不足的組織中被硬塞各種工作而已。

行事曆上填滿會議等行程，瑣碎的日常工作排山倒海襲來。同事們當然也都很忙，午餐時間放眼望去，每個人都邊吃飯邊工作。隨口和人閒聊，得到的也只有心不在焉的回應和禮貌性的微笑。

好不容易撐過一次死限，下一個死限接踵而至。還在處理某個事項，又有新的事項冒出來，這情況儼然是家常便飯。如此一來，自然常需要加班，但公司最近對加班時數管得很嚴，月底調整時數時相當辛苦。

回到家通常累到倒頭就睡，連和孩子聊天的時間都沒有，最近似乎開始被孩子討厭了。

週末躺在客廳休息，新婚時那般恩愛的妻子也用像看蟲子的嫌惡眼神看他。不得已回到臥室，妻子卻說「你都不幫忙」，給他迎頭痛擊。當他驅使疲憊的身體要做家事，對方又拒絕道「別礙事，閃邊去」，給他一記將軍。

「咦？我到底在做什麼？」

他越來越常在工作中猛然回神，這樣喃喃自語。小田原就是這樣一個隨處可見的普通上班族。

小田原有一項興趣。他在公司忙得暈頭轉向，在家被嫌棄，唯一可以休息的地方就是通勤電車。唯有這段時間他可以拉著吊環，默默盯著空氣。讓腦袋放空原來那麼舒服。快樂的時光很快就結束。下了電車走向公司的那幾分鐘，他陷入愁雲慘霧。

小田原為了逃避現實，開始左看右看，注意到從未見過的張貼式廣告便停下腳步。

「真・程式設計補習班？」

好俗氣的名字。但小田原還是看了看廣告內容。

原因很簡單。他最近剛好想學程式設計。

這幾年公司內部經常可以聽到「內製化」這個詞。高層想將原本完全外包的系統拿回來自行管理。

這樣一來，原本對程式設計一竅不通的小田原也無法置身事外。事實上，他越來越常需要處理相關工作，因此想找時間學一下程式設計。

然而，程式設計補習班大多不可信。

首先找老師本身就是件難事。工程師為數不多，每個人又都很忙，補習班能找到的頂多是來打工的學生，或是無法取得系統開發案的接案工程師。而且考慮到長遠經營，補習班必然不能只教少數人艱深的知識，必須將粗淺的知識販賣給大眾。這就導致補習班教的東西在網路上也能查到。

因此，接下來這兩行字引起小田原的注意。

不歡迎無經驗者。

僅歡迎有相關困擾的人前來諮詢。

「真少見。」

就像前面說的，要將事業成功做起來就必須增加學生母數。他從未見過像這樣將大多數人拒於門外的補習班。

「……要二十萬啊。」

這個價格很正常。

但絕對稱不上便宜。

「喔？可以免費體驗。」

日本人對免費這個詞最沒有抵抗力。相信很多人都曾在下載免費遊戲後，狂抽遊戲中一次數千圓的轉蛋。

廣告上說每人可以免費體驗一次。「不歡迎無經驗者」這句少見的話勾起了小田原的興趣；「第一次不用錢」這句老掉牙的宣傳讓他下定決心。

接著就來到週五下午。

小田原正好想消化一下特休，便請了半天假前往那間補習班。

「不好意思，請問這裡……是真．程式設計補習班嗎？」

「是的，稍等一下喔。」

一名女性回答。隨後匆忙的腳步聲傳來，出現在小田原面前的是——

「呃，是小田原先生嗎？」

「…………啊，是，我是。」

噢，我好像來錯地方了。

他看著那身風格強烈的Cosplay服，心裡這麼想。

＊　＊　＊

「讓您久等了，我是負責人鈴木。」

「是，你好，今天就麻煩你了。」

在東京某棟大樓的辦公室內。這是間常見的小公司事務所，裝潢說好聽點是清爽乾淨，說難聽就是什麼都沒有。出入口附近有個像是櫃臺的隔間，現在沒在使用，隔間後方擺設著沙發和桌子。

現在事務所內的沙發上坐著三個大人。

兩個穿著西裝的男人。

還有一個魔法少女。

在這混沌不明的空間中，鈴木率先開口。

「首先想請教一下，小田原先生，您是否曾經覺得公司辦的研修沒有意義呢？」

「……是的，的確有幾次這麼想。」

這裡真的是程式設計補習班嗎？本來就很可疑的無名公司，加上奇裝異服的員工。眼前桌上只擺著紙和筆，負責人第一句話聽起來又像詐騙集團。

「為何會覺得沒意義呢？我認為是因為研修學到的知識很難立即應用。」

「……嗯，有道理。」

……還是做好隨時逃跑的準備吧。

小田原的戒心提高到極點。

「所以，我們這次會幫您解決一個正在煩惱的問題。」

「……正在煩惱的問題？」

「是的。雖然您在事前問卷中已經回答過了，我還是要再問一次。您為什麼想學程式設計呢？」

……這個人好像挺正派的。

他的氣質和態度給人好印象，感覺值得信任。

……但他旁邊的人是怎麼回事？

那樣穿怎麼想都不正常，也看不出任何意義。

小田原對佐藤這個人感到困惑，仍娓娓道來。

他之前從未碰過程式設計，最近因為公司改變方針，經常需要接觸。

鈴木適時附和，使對話進行得很順利。小田原一開始還很在意佐藤，不時瞄向她，才過兩分鐘就專心與鈴木對話。

……他挺行的嘛。

身為萬惡根源的佐藤提高了對鈴木的評價。

「原來如此。」

鈴木聽完大致狀況後，深深點頭。

小田原的工作無須開發任何東西，只須運用或修改既有的程式。然而大量的原始碼令他不知所措，每一行都像魔法咒語一樣，解讀個幾行就已經夠辛苦了，面對上千行更是感到頭疼。

「那我們暫時放棄閱讀原始碼吧。」

「放棄嗎？」

「先用紙筆代替。」

「……紙？」

鈴木點頭說了聲「是的」。

「令小田原先生困擾的，應該是修改程式的部分吧？具體來說，你們有個可以檢查多項設定的程式，其中有一部分出現問題，所以需要修改。」

「沒錯。」

「您可以大致說明一下程式的流程嗎？」

「呃，首先要把資料庫內容和組態資訊存進變數中……後面對我來說就太難了……」

鈴木望向隔壁的人。

「佐藤，從剛剛的對話聽來，妳認為那個原始碼長怎樣？」

佐藤聽到這突如其來的問題，有些驚訝，小田原更是詫異，沒想到鈴木會問她。

「大概是那種有很多條件分支，用以檢查設定的程式吧。中間穿插註解等奇怪的段落，各種設定檢查一字排開。」

「喔，沒錯，就是那樣。」

小田原大吃一驚，同意她說的。

而鈴木聽完描述便開始動筆。

「所以應該是長這樣吧？」

他畫了個圓，在圓中寫下「讀取」。

接著直向列出「檢查1」、「檢查2」……「檢查n」。

「噢，不錯耶，畫成圖後好懂多了。」

「不，我們現在才要開始。」

小田原好奇地揚起眉毛。

鈴木臉上帶著一抹溫和的微笑開始說明。

「這個程式要執行多項檢查，所以行數很多。不過檢查的先後順序一點都不重要，換句話說——」

鈴木將紙張翻面，再次畫了個圓，直到寫下「讀取」為止步驟都和剛才一樣。

「啊～～原來如此、原來如此，真的是這樣。」

前一張圖的「檢查」呈直向排列。
新的這張圖則呈橫向排列。
小田原的問題分析起來很簡單。
他因為上千行的程式而感到頭疼，不過現在的他並不需要理解所有內容。那麼該理解哪些部分呢？鈴木畫的這張圖正好可以讓他判斷。
「哇～～畫成圖之後差好多。」
「沒錯，因為人類處理資訊時大多依賴視覺，而且我們每個人至少有九年的時間接受用紙筆來記東西的訓練。」
「說得很對。這麼說來，我連現在準備證照考試時用的也是紙筆，怎麼會沒想到也能用在程式上呢……」
鈴木將筆放下，直視小田原的眼睛。
「這樣就解決掉一個問題了吧？」
「是的，我終於懂了。其實我以前問過會寫程式的同事，但他說的東西太專業，我只好假裝自己聽得懂。沒想到……竟然這麼容易就解決了。」
「您能滿意真是太好了。」
「是。我知道這麼說很失禮，剛進來時……」

小田原瞄了佐藤一眼，接著說道：

「我嚇了一跳……」

「啊哈哈，別看她這樣，她可是非常優秀的工程師。」

佐藤瞪著笑容滿面的鈴木，像是在說：「我這樣怎麼了？」

「為什麼……不，沒事。」

「因為很可愛！」

佐藤一副得意洋洋的樣子。

成年男性見她這樣，反應可想而知。

「我無法接受！」

二十八歲的魔法少女發怒了。

「你不知道這角色嗎？這可是日早的動畫耶。」

「……日早？」

「週日早上的意思。」

「原來如此。」

小田原露出苦笑，第一次直視佐藤的服裝。

「啊，我想起來了，我女兒有在看這部動畫。」

「沒錯！你有女兒啊！」
「對，今年要滿五歲。」
「小孩這時候最可愛了。你們會一起看動畫嗎？」
佐藤大剌剌地問。
小田原露出和剛才不太一樣的苦笑。
「哎～我沒看。最近甚至沒什麼機會和她說話……」
「喔……你工作很忙吧？」
「是啊，我就是人們說的那種『多工上班族』，最近越來越不知道自己在做什麼……」
氣氛突然沉重起來。鈴木覺得有些不妙，想轉換話題。沒想到在他開口前，佐藤就大聲說道：
「我懂！」
兩人驚訝地看著佐藤。
「前一份工作，我也是一手包辦所有事。」
「還真辛苦。」
「我感覺自己就像個媽媽，全公司的媽媽。光是日常工作就夠多了，還要充當所有系統的聯絡人，累死我了。常常覺得：『哎呀呀，怎麼又是同一個人來問問題？真是的，我也很忙耶，大家都被寵壞了。』」

「……啊哈哈，好像很開心。」

佐藤稍微降低語調說：

「需要幫你介紹嗎？」

「不用了，我不想再過多工生活了。」

兩人同時低下頭。鈴木見狀，心想這是換話題的好機會，卻感受到一股深不見底的黑暗，什麼話都說不出來。

「哎，有問題當然可以問。」

佐藤用略為感傷的口吻說：

「不過真希望對方能多說些感謝的話。」

「職場上的確很少聽到讚美的話。」

「對啊，不能老是覺得因為是工作，別人就理所當然要完成。」

小田原應了一聲。這時佐藤傾身向前，繼續說：

「工作上的事就算了，和小孩一起看動畫吧。」

「……噢，嗯，好的。」

聽見這唐突的提議，小田原不知該回些什麼，只好禮貌性地笑了笑。

「小時候的記憶會刻在靈魂上！現在對小孩不理不睬，小孩長大後就會變成靈魂枯竭的人。好好陪陪小孩吧。」

「佐藤，不要再干涉客戶的隱私了。」

「她可是蘿莉耶。」

「佐藤，冷靜一點。」

鈴木顯得很慌張。

「沒關係，我認為她說得很對。」

「……真的很抱歉。」

「不不，沒事的。」

小田原一點也不介意，逕自問道：

「兩位是夫妻嗎？」

鈴木差點笑出來，連忙咬住嘴脣。

佐藤冷靜地回答：「不，只是認識很久的朋友。」

「……這樣啊。」

小田原看著兩人，彷彿察覺到什麼似的說道，語氣聽起來有些愉悅。

「那麼，不好意思，我待會還有事……」

「……噢，這樣啊，您趕時間嗎？」

「是的，抱歉，我該離開了。」

「不會不會，很謝謝您。」

小田原站起身。

鈴木也站了起來，送他出去。

「我之後會用電子郵件傳問卷給您，方便的話請幫我填一下。」

「好的，今天很開心，謝謝你們。」

「是，歡迎再度光臨。」

簡單打過招呼後，小田原就離開了。

鈴木坐回沙發，沮喪地抱起頭。

佐藤思考了一下，用開朗的聲音向他搭話。

「要反省可以，但先慶祝一下吧！他說很開心呢！」

「……那是客套話啦～～」

鈴木邊說邊深深嘆了口氣。

「佐藤，來研修吧。」

「咦～～我明明就有察言觀色。」

「不要探問人家隱私，搞不好會被客訴。」
「你太一板一眼了。既然是面對面，就要體察對方的心意。」
體察對方的心意。這剛好是鈴木最重視的一件事。
「談生意時不也都會從閒聊開始嗎？」
「……的確，有時候重點不在於說了什麼，在於是誰說的。」
啊，他快被說服了。知道自己做錯事的佐藤賊賊地笑了。
「沒錯，誰說的比說什麼更重要！」
佐藤拿起魔法棒。
「你看！我穿成這樣見客戶耶！沒有比這更糟的吧！」
「……是嗎？」
「我是無敵的！」
「……好吧。」
不行，鈴木，別輸給她，鈴木，你沒有錯。
「總之，拜託妳下次小心一點。」
「好～～」
鈴木～～……

＊　＊　＊

小田原起床了。

現在是週日早上。這種時候他通常什麼都不想做，只想睡回籠覺，直到中午再起來。不過今天……

「啊，爸爸早安！」

「喔～～步夢起得真早。」

還好她還會打招呼。小田原暗自鬆了口氣，這時女兒睜大眼睛說：

「好難得！」

「哈哈，爸爸也是會早起的。」

女兒問了聲：「為什麼～～？」

她笑了。小田原覺得好像很久沒看見她的笑容。

「步夢，妳喜歡的動畫快開始了對吧？」

「對！快開始了～～！你怎麼知道～～？」

「哈哈哈，因為我之前遇到一個人。」

「遇到誰～～？」

小田原忘了那個人的名字。

他煩惱地別開視線，正好看見一個模型。

「那個女生。」

「咦～～？詩杏嗎？騙人～～！」

「是真的。」

「絕對是在騙人～～！」

女兒開心地大呼小叫。

原以為被女兒討厭，看來可能是誤會了。

「一起看吧！」

「……嗯，好啊。」

「真的嗎～～？好耶～～！」

於是他開始和女兒一起看動畫。

女兒不停笑著說：「好好看～～」但老實說一點都不好看。小田原勉強對女兒回以笑容，然而才看到一半就已經無聊到令人疲憊。

（——會刻在靈魂上！）

小田原忽然想起那句誇張的話，同時開始思考自己小時候是怎麼過的。

「哎呀，真難得。」

正當他搜索過去的記憶時，身後傳來妻子的聲音。

「啊！媽媽早安！」

「早安，爸爸怎麼也在？」

「跟妳說喔～～！爸爸說他遇到詩杏了～～！」

「這樣啊～～好棒喔～～」

她笑得很僵，像是在說「你在對女兒說什麼」。

「是工作上的活動遇到的。」

「是是是，又是工作。」

他們以孩子聽不見的音量交談。

「要吃早餐了嗎？」

「要～～！」

「我也要。」

妻子面不改色地點點頭後走進廚房。

他原想追上妻子——「別礙事，閃邊去」——卻停下腳步。

人沒辦法一下子改變。連改變自己都很難了，怎麼可能兩個人同時改變？

「爸爸怎麼了～～？」

「嗯？啊，抱歉，我在想事情。」

他忽然有股溫暖的感覺。長久以來他都只和別人保持事務上的交流，很久沒體會到那種彷彿高中社團的活潑氣氛。

佐藤小姐或許是個很難在社會上生存的人，卻帶給他與「不悅」完全相反的感受。

小田原試著思考原因，卻找不到合理的答案。總之他忘不掉這個人。每次看到動畫裡的角色行動或說話時，就算再不情願，都會想起她。

「好，開動吧。」

「謝謝！」

到了吃飯時間。

活潑的女兒與面帶微笑的妻子。

「來。」

「……嗯。」

妻子將菜餚放在他面前。

他像平時一樣拿起筷子。

——真希望對方能多說些感謝的話。

小田原心頭一驚，望向妻子。

——不能老是覺得因為是工作，別人就理所當然要完成。

「……老婆。」

「怎麼了？」

他喊了妻子一聲。

幾乎是下意識開口的。

因此沒辦法再說下去。

「……不，沒事。」

「……喔。」

他知道該說什麼。謝謝，就這麼簡單的兩個字。和他煩惱已久的程式問題相比，根本不算什麼。簡單一張圖就解決了他的問題，說謝謝比畫圖簡單多了，他卻發現自己辦不到。

謝謝，只有兩個字，他卻說不出口。

「媽媽～～爸爸怎麼了～～？」

「我也不知道。」
「沒有啦，啊，對了。步夢，動畫很好看呢。」
他轉移話題轉得很硬。
「嗯！很好看～～！」
還好女兒很好唬弄。
「對了，侑呢？」
「還在睡。」
「也是，侑才三歲嘛。」
「是啊。」
妻子的反應一如往常。原以為能趁著和女兒聊天的勢頭開口，她卻散發出「別向我搭話」的氣場，導致他說不下去。往後幾天，他又試了幾次。
結果每次都失敗。他很驚訝，自己竟說不出謝謝。明明很簡單，他卻說不出來。

某天夜裡，妻子問道：
「老公，你最近是不是有話想說？」

孩子們都睡了。

「……妳怎麼知道？」

「當然知道，因為你一直說『沒事、沒事』……」

這氣氛簡直像要談離婚。

「…………」

小田原思考該說什麼。妻子等了一會兒，最後不悅地說：

「算了，我先睡了。」

「等一下。」

他下意識拉住妻子。總覺得要是現在不說，他們的關係真的會破裂。

「……我工作很辛苦。」

「是喔，你經常這麼說。然後呢？」

他的開場白很笨拙、很迂迴。

「總是被人拜託各種工作，忙不過來。」

不過一旦開口，話語自然流瀉而出。

「妳還記得步夢說的話嗎？」

「說什麼？」

「說我遇到動畫角色。」
「……嗯，好像有。」
「那個人說她就像全公司的媽媽一樣，很希望有人能感謝她，不該因為是工作就將她做的事視為理所當然。」
他輕吸一口氣，屏住呼吸，看著妻子的眼睛。
「不知道為什麼，我就是說不出口，真是太沒用了。」
那張久未細看的臉比他記憶中的老了一些。
咦，她長這樣嗎？以前明明是個笑容燦爛的女性。
「……呵呵。」
妻子突然笑了出來。
「怎麼突然笑了？」
「……因為你一臉認真……很好笑啊。」
小田原全身發熱，感到羞恥、輕微的憤怒和困惑，更多的是驚訝。他真的很久沒看到妻子的笑容。
「我要睡了。啊，真有趣。」
妻子莫名開心地準備離去。

「等一下！」

小田原立即叫住她。

「謝謝……謝謝妳平時的付出。」

「啊～～好，行了。呵呵，真是太有趣了。」

「別這樣，我很認真耶……」

「啊～～是是是，你工作也辛苦了。」

後來。

並未發生任何劇烈變化。小田原仍舊說不出「謝謝」，但是當他不發一語地看著妻子時，妻子總會突然笑出來。女兒見狀問他們：「怎麼了～～？」他害羞得只能含糊帶過。

家人的笑容變多了。

讓他轉變的，是他為了進修而去的補習班。

讓他轉變的，是那個奇裝異服的工程師。

這一切都很奇怪。

啊，太奇怪了。

這麼簡單的事，他過去為何覺得那般困難呢？

日後，真・程式設計補習班得到了一名學生和一則評論。

那則評論狠狠批評講師的服裝，但盛讚她的教學能力。

最後寫著這樣一句話。

這間補習班令人感到溫暖。

side-瓦解的預兆

「下個行程是什麼？」

「是聽取人事部的問卷結果報告。」

「好，謝謝。那是很重要的報告。」

展開大改革後過了一個月，這天新老闆將迎來一個重大的分歧點。

「在哪裡？」

「F會議室。」

「這樣啊，好，我們走吧。」

然而他的表情看來一點也不緊張。他深信自己會成功，因此認為這事件只是通往成功道路上的一小步。這傲慢的想法，成為他日後痛苦的來源。

「——和事前預測的一樣，很多人反應這樣令人不知所措，其中最多的意見就是『忙不過來』。」

＊　＊　＊

投影片經由投影機投射出來。負責人用雷射筆指著投影片說明。

「接著是『聯絡人沒有回應』、『權限申請未被受理』、『不知該聯絡誰』以及——」

簡單的圓餅圖配上詳細的表格。新老闆聽著說明，暗自思考。

忙不過來的問題可以隨著時間解決。

但另一方面，聯絡窗口似乎出了問題。

「謝謝，報告得很清楚。」

新老闆首先慰勉了一下負責人。

「關於聯絡窗口混亂的問題，你知道些什麼嗎？」

「是，請看這份資料。」

報告者已經想到老闆會問這個問題，拿出準備好的附加資料，繼續說明。

「——最後，有幾個人回答『請把佐藤愛找回來』。」

「佐藤……？」

「是的，她是改革前從事系統相關工作的女員工，已經離職。」

「……嗯。」

新老闆摸著下巴，默默思考。真令人不解。報告者說那個人從事的是系統相關工作，但在改革前，與系統相關的部門只有一個。

系統管理部。那是個底下連課都沒有的小部門。

……啊，想起來了。是那個不正經的Cosplay女所在的部門。

「系統相關工作應該是由系統管理部負責。我明白那個部門管理很重要的系統，因此調派了四個人過去，這樣還忙不過來嗎？」

「……很抱歉，我之後調查完再向您回報。」

「不用了，我直接過去看看。」

新老闆明白這是個大問題，同時內心氣憤不已。一個奇怪的Cosplay女就能管理的系統，為何都派了四個人過去，工作進度還會停滯？

肯定有什麼問題。他得確認是什麼問題。

＊　＊　＊

「喔？怎麼只有兩個人？」

會議後正好有三十分鐘的空閒時間，新老闆便前往系統管理部。那裡有兩名員工看著資料，忙碌地打字。

「……？啊！呃，有什麼事嗎？」

「不，沒什麼，只是聽說你們好像很辛苦。」

「……喔，是的，很抱歉。」

「沒必要道歉，告訴我現在是什麼狀況。」

員工認為這是個好機會，拚命向老闆說明系統規模太過龐大，根本不可能只由兩個人，而且還在身兼其他工作的情況下管理。

「兩個人？不是四個人嗎？」

「……另外兩個人換工作了，現在正在把特休請完。」

「什麼？」

新老闆微微皺起臉。

「請加派人手吧，這個系統不可能只由兩個人管理。」

新老闆不相信他的話，但不能表現在態度上。

「好吧，需要幾個人？」

「十個，最少需要十個。」

這傢伙是白痴嗎？新老闆在心中辱罵員工。

「這很難達到，但我還是很想回應你們的需求。對了，不如你們就專心做這份工作，這樣兩個人應該就能管理了吧？」

「不可能，在這種條件下還是需要八個人。」

「我明白你的考量，但這個系統本來只有一個人在管理啊。」

新老闆心想：真是夠了。

工程師這種生物老是開口就說「不可能」。他知道這只是他們逃避工作的藉口，只要命令他們去做，事情就會立刻變為「可能」。

這種話當然不能說出口。他收起真心話，告訴員工：

「你這麼優秀，一定辦得到。加油。」

他拍了員工的肩膀，員工咬著下脣，壓抑各種情緒，最後勉強擠出聲音說：

「……我明白了。」

「好，期待你的表現。」

新老闆滿意地轉過身去。

「那個！」

「什麼事？」

另一名員工叫住他。

那個人不理會前輩阻止的眼神，逕自說道：

「請把佐藤愛小姐找回來。」

「……好，我會考慮的。」

新老闆忍住嘆息，露出微笑。

他當然不會考慮，想必幾秒後就會忘了這件事。

他在那副微笑底下心想：真是愚蠢至極。一個人就能管理的系統，怎麼可能兩個人管理不好，還說最少需要八個人？太愚蠢了。這只顯示出他們的懶散。

他轉身背對員工後，整張臉皺了起來，然後頭也不回地離開辦公室。

＊　＊　＊

「前輩，佐藤小姐會回來嗎？」

「……我想不會，應該有很多公司搶著要她。」

「也是……她竟能一個人管理這系統，真是怪物。」

「是啊。」

大公司內部通常會有好幾個不同的系統，全是由不同部門，基於不同想法開發出來的，要整合這些系統十分困難。

就像叫美國人、俄國人和大阪的大嬸在沒有口譯的情況下一起工作一樣。

佐藤愛開發的奧拉比系統能讓所有系統通力合作。這樣一來，原本無法實現的自動化也變為可能。

自動化並非能讓機器完成所有任務的魔法。要讓機器動起來，仍需要人類的命令。

當然也有不需要人類命令的情況。唯有機器無法判斷的事才需要交由人類判斷，這種情況往往極為複雜。

「佐藤小姐腦袋裡大概有一部電腦吧。」

「是啊，而且是128核心的。」

公司所有系統都要經過奧拉比系統。

奧拉比系統一旦停下來，所有系統都會停止。

佐藤愛過去獨自管理這個系統。正因她是開發者，才有辦法這麼做。然而新老闆卻在未培育後繼者的情況下將她解僱。他認為既然有操作手冊，原本又只由一個人管理，那麼應該誰來管理都行。

這實在是個愚蠢的判斷。這個判斷正為公司帶來重大打擊。

「……這間公司以後會怎麼樣？」

「我也不知道。」

「……是不是該換工作了？」

「說得對，我們或許也該逃了。」

前輩不禁同意，後輩便驚訝地睜大眼睛。

「我跟佐藤小姐說過幾次話。」

「真的啊？我只聽過她的傳聞，她真的穿著Cosplay服嗎？」

「嗯，有時還穿得像特種行業。看到她真的會想：穿成這樣怎麼還沒被開除？」

「好誇張喔。」

前輩有些懷念地說：

「不過一和她交談，就能感覺到她是個溫暖的人。不只優秀，還很為同事著想，身邊的人也都很喜歡她。」

「……她是被迫離職的嗎？」

前輩點了點頭說：

「聽說她的同事全都離職了。」

「全部嗎？」

「正確來說應該是前同事，因為那些人後來調到了別的部門。我是從同期同事那裡聽說的，那些人好像很生氣。」

「……老闆知道這件事嗎？」

「當然，應該知道吧。」

「那為什麼還要這麼做？」

「見到他之後，我明白了。他就是那種將工程師視為數字，只重視每個人一個月能做多少事的人。」

後輩恍然大悟地說了聲：「啊～～」

「我來這裡之前原本是派遣員工。」

「你不是應屆錄取的啊？我第一次聽說。」

「是嗎？總之……我現在才意識到一件事。」

後輩深深嘆了口氣說：

「原來隨意拋棄我們或強迫我們調職的，就是那樣的傢伙。」

平靜的語氣中帶著辛酸。

「……我好不容易才轉為正職。」

前輩不知該回些什麼，只好苦笑。

「氣死了，我們才不是數字。」

「嗯，說得對。沒錯，我們不是數字。」

「根本不該由沒碰過伺服器的人估算工時。唉，真正重視工程師的公司究竟在哪呢？」

「不知道……」

前輩陷入沉默，後輩也低著頭在煩惱著什麼。

「……該找哪間呢？」

「找什麼？」

「轉職仲介公司。」

「……」

後輩聽了，驚訝地愣了幾秒。

「這我很熟。」

然後笑著這麼說道。

第2話　性別不重要！

「你好，請問是來上課的嗎？」

「……啊哇哇。」

我叫佐藤愛，今年二十八歲！今天穿著男裝，單手拿著合法麥克風，內心本來應該是個帥哥，但是一踏進事務所那瞬間，哇！就變回女孩子了！

「啊，妳有名牌，是佐藤小姐。」

「……是的。」

「妳是健太的青梅竹馬對吧？請多指教，公司就靠妳了。」

「……是的，多指教。」

是帥哥～～～～～！這個人怎麼會這麼帥！

「……呃、呃？」

「我叫音坂翼，是健太的大學同學。」

連名字都超帥的～～～～！根本是女性向遊戲的角色！是女性向遊戲的角色！

「兩位早安，你們好早到喔。」

鈴木出現在我身後。看到他之後，我的語言能力也恢復了。

「早安。」

鈴木你超棒的，可以讓人冷靜下來。你就一直保持這樣吧。

「佐藤妳怎麼了？」

「……哼，沒事啦。」

我將手肘靠在鈴木的肩膀上。那張呆愣的臉也讓人看了好安心。

「健太，ＡＰＰ。」

「ＡＰＰ？喔，佐藤寫的那個。」

「嗯，聽說她只花了兩小時，真厲害。」

「……沒什麼。」

真令人害臊～我抓了抓頭。

「翼和佐藤是第一次見面嗎？」

「嗯，剛才打過招呼了。」

帥哥回答完，將目光投向我。

「妳的衣服真好看，是買的嗎？」

「……自己做的。」
「會做衣服，又會做ＡＰＰ，簡直是神人。」
「……沒有啦。」
好害羞喔～～我用手搓了搓雙頰。
「健太，我該怎麼做？」
「把智慧型手機連到電腦上就行了，很快就好。」
鈴木將帥哥帶到電腦前，接著照我教他的步驟，將我做的ＡＰＰ下載到帥哥的手機裡。
相當於我進到了帥哥的體內。
「真的很快耶。」
「嗯，還好選了安卓系統。」
「蘋果不行嗎？」
「好像有點難。」
兩人用同輩的口吻對話，一眼就能看出他們是交心的朋友。
「……是這個ＡＰＰ嗎？」
「對，你先玩玩看吧。」
帥哥開始試著操作。

啊！不要！別那樣動——想這些有的沒的，只是為了緩解緊張而已。

我做的是能在地圖上做筆記的ＡＰＰ。網路上雖然可以找到具備相同功能的高品質免費ＡＰＰ，但他們說不想將資料交由其他公司管理，便拜託我臨時做了一個。我有自信成品沒問題，不過看到他們在我面前檢查還是有些緊張。

「嗯，完美。真厲害。」

「對啊，看不出是兩小時做出來的。」

……哎呀～

「觸控筆別搞丟了。」

「當然不會。」

「翼的保證不可信。」

「我會用繩子綁起來。」

「那就好。」

天啊，這一幕太美好了。

從容不迫的男子和愛照顧人的男子，有夠下飯。

「我走了。」

「嗯，拜託你嘍。」

兩人分開時還輕輕互碰拳頭。

我被餵得飽飽的，癱坐在沙發上。鈴木站在我身邊說：

「再次感謝妳做了這個ＡＰＰ，翼也很滿意。」

「不會啦，這種東西只是小事一樁。」

我優哉游哉地擺出高姿態。

「不過他長得真帥，以前是配音員嗎？」

「配音員？一般應該會問是不是偶像吧？」

鈴木笑著晃了晃肩膀。不是啊，最近有些配音員真的很帥啊。

「話說回來，原來……妳喜歡那種類型的男生。」

「超喜歡，被他迷得神魂顛倒。」

鈴木說了聲「是喔」，撇過頭去。

「你在鬧什麼彆扭？」

「我才沒鬧彆扭，來談工作的事吧。」

「如果你指的是那個，很順利喔。大概下週就能完成。」

「動作真快。」

我驕傲地挺起胸膛。現在受到稱讚時，已經不需要再謙虛了。

「對了，佐藤，我要跟妳說明一下現在進行的專案。這很重要，專案成功與否關係到公司的未來。」

嗯嗯，我專心點好了，好像是很認真的話題。

「簡單來說，我們要辦一個專給工程師參加的大型活動，翼和遼正在招募參加者。」

「多大的活動？」

「兩千人，而且為期三天。」

「哇，真的滿大的。」

說到專為工程師設計的活動，我第一個想到的就是黑客松，那就像是技術人員的短期集訓。不過規模再大也只有上百人，千人以上的活動，我只想得到大公司定期為所有員工辦的研習。

「招得到那麼多人嗎？」

「這也是程式設計補習班的目的之一。之前那則評論使我們的知名度逐漸提升，開始有零星的人預約免費體驗。」

「都是我的功勞！」

——那則評論狠狠批評講師的服裝。

「嗯，是沒錯。」

鈴木以成熟的態度應對。

「評價越好，業務招攬學生時更有利，反之亦然。所以佐藤，接下來我會好好指導妳，以免之前的狀況再度發生。」

「咦，說了這麼多，結果是要教訓我嗎？」

鈴木點了點頭說「沒錯」。

「那我不要出現在學生面前嘛。」

「這我也考慮過。左思右想，還是覺得妳的專業能力稍稍勝過可能造成的風險。」

「哼，你內心的常識又被我打破了。」

「所以我要徹底指導妳一番。」

鈴木不理會我的玩笑，認真回道。但我是寬鬆世代的人，受不了日本自古以來的嚴謹傳統。腦中僅存的常識都在爆肝生活中捨棄了，現在才要我把那些撿回來，為時已晚。

「佐藤，放心吧，改變永遠不會太遲。」

他會讀心術嗎！我才不要！我不想洗心革面！被人嫌棄沒什麼不好的啊！

我在內心發誓一定要拚死抵抗。這時奇蹟發生了。

嘟嚕嚕～～♪

輕快的電子音響起。鈴木將目光從我身上移開，尋找聲音來源。

「咦，這什麼聲音？」

「電鈴。這裡沒電鈴很不方便，我剛剛裝了。」

「這麼大的事，妳竟然一下就處理好了……我去開門。」

「慢走～～」

鈴木忽然停下腳步。

「除非有問妳，否則什麼都別說。」

「好～～」

「複述一遍。」

「除非有問我，否則什麼都別說。」

鈴木滿意地低聲說「很好」後，將門打開。

門外站著一名女子。

「您好，請問有預約嗎？」

「不，我是直接過來的。可以嗎？」

「當然，我們很歡迎，請進請進。」

「…………」

女子不知為何瞪著鈴木。

鈴木看起來的確很像騙子，但他人滿好的。別瞪他嘛。
「請問你們這裡有女員工嗎？」
喀噠——我從椅子上微微抬起臀部。
「我不喜歡和男性接觸。」
「…………這、這樣啊。」
唰！
我毫無意義地甩了一下外套，站起身來。
「……佐藤。」
我的臉還是撇向一邊。
因為我跟他約好，在他拜託我前什麼都別說。
「……拜託妳了。」
儘管很想說「我聽不見～～」，但還是算了。我還是有最低限度的常識。而且一旦穿上Cosplay服，我就是自己喜歡的角色，我不能做出會玷汙角色的事。
「好～～我這就過去～～」
我帶著角色的靈魂開始接待客戶。
「歡迎光臨，小貓咪。我是負責人佐藤～～」

我用手輕觸女子的下巴，眨眼說道。

「…………什麼？」

女子微微歪頭。

我……嗯，我下跪好了。呃，我扮的這個角色個性就是這樣……鈴木，對不起，別抱著頭，我之後會好好接受研修的。

「那是吹麥的角色對吧？」

「妳知道！」

「不過我們對角色的解釋有點不一樣。」

——奇蹟二度發生了。

「哎，再怎麼樣都比男人好。麻煩妳了。」

鈴木目瞪口呆。

我懷著對角色的感激，開始接待客戶。

＊　＊　＊

「我說，資料這樣寫，妳以為別人看得懂嗎？」

我討厭男性。

尤其討厭這個爛課長。

「哎，女人就是這樣。算了，我再幫妳改。」

動不動就瞧不起女人。時代已經如此進步，虧他還能這麼做。不過無論我怎麼申訴，都會因職場政治而被封殺。這是爛課長唯一的技能。

「——以上就是我的提案。」

在遊戲公司的新企劃發表會上。

我從資訊科系畢業，最初想當工程師，公司卻說女人隨時可能請假，所以不適合當工程師，以這荒唐理由將我轉為企劃。我本來想立刻離職，但擔心履歷不好看，便決定留下來工作一年。

儘管這間公司的人和環境都糟到極點，但為喜歡的遊戲想企劃仍是件開心的事，能讓我感受到工作的價值。

我是個不服輸的人，一旦決定去做就要全力以赴。

我本來對這天的發表很有自信。

然而卻以落選收場，一票都沒拿到。

獲選的是資深員工意義不明的企劃案。

「本間，發表辛苦啦。」

發表會結束後，爛課長向我搭話。

「這結果很合理啊，畢竟妳的企劃太難懂了。」

「……這樣啊。」

我不理他，逕自處理工作。前輩們接連將工作塞給我，光是要在上班時間完成就已經夠忙了，沒空理會他的騷擾。

「不如由我來教妳吧？」

「不用了。」

我拍掉那隻隨意放在我肩上的手。

「……喂，妳什麼意思？說啊！」

我停下工作，望向爛課長。他和我想的一樣瞪著我，我也瞪了回去。

「這是性騷擾。你想搞到顏面盡失嗎？」

我刻意將「性騷擾」講得很大聲。

爛課長整張臉漲紅，不屑地「哼」了一聲。

「女人老是愛說別人性騷擾！我只是要指導妳啊！怎樣？」

「那就是職權騷擾。主管研修課程沒有教嗎？請別跟我說話，這樣會打擾我工作。」

「混帳！」

他大吼一聲，周圍的人隨即過來打圓場。

「本間小姐，冷靜點。」

「我只是在主張正確的事。」

男員工以勸戒的口吻對我說：

「課長雖然有點那個，但妳也該思考一下表達方式。」

我不理他，繼續工作。

表達方式。這是我最討厭的詞。

這樣要求我太怪了吧？怎麼想我都是正確的。然而他卻要我笑盈盈地配合那個惡意滿滿的人渣。不可能，我才不要。

「……事已至此我就告訴妳吧。正常情況下，妳的企劃應該是會過的。」

我不禁停下動作。

男員工一臉無趣地說：

「妳也不是小孩子了，自己想一想。」

——職場政治。

爛課長唯一專精的事。

「……你就這樣視而不見嗎？」

我握起拳頭問道。

「哎呀，畢竟……」

他理所當然地說：

「插手有什麼好處呢？反正妳一定很快就離職了。」

接著放下大量文件，說了聲：「啊，這些就麻煩妳啦。」然後那個臭男人就離開了。這些本來不該由我處理，然而無視它們就等於是我拋下了工作。現在的工作環境已然如此。

我咬著下脣，動手處理。

當晚，我錯過了末班車。

「……好想快點辭職。」

回家後，我在房間角落抱著腿喃喃自語。

最近總是這樣。我受夠了。

決定要忍耐的一年已經結束。本該在邁入第二年時離開這間公司，如今卻還在找工作。

儘管一秒都不想多留，新工作卻還沒找到。

我手頭並不寬裕，因此找到新工作前也只好忍下去。

「……我不會輸。」

這是一場戰鬥。

「……我絕對不會輸。」

我咬緊牙關，壓抑自己的心情，迎向新的一天。

即使如此，還是沒找到工作。每次看到不錄取這三個字，我就覺得連自己的存在也被否定了。

還有下次，沒關係，肯定沒關係。

——不錄取。

敝公司慎重考慮後——

沒人需要我。沒有任何一間公司想要我這樣的人……啊，原來如此。不是這間公司差勁，而是我只有這點程度。我只能待在這樣的地方……

……我不會輸吧？

心中燃起的鬥志逐漸消失。

就在這時，我看見那份張貼式廣告。

……真．程式設計補習班？

好俗的名字，但勾起了我的興趣。找不到新工作肯定是因為我能力不足，若我好好學習，提升能力，想必會有不一樣的結果。

我看了看廣告內容。不歡迎無經驗者，可免費體驗，地點距離這裡徒步五分鐘。
我隨意晃了過去。沒有明確目的，只是一時心血來潮，就像想要抓住救命稻草一樣。
——無論過了多少年我還是會想起這件事。當時的決定為我的人生帶來了巨大改變。

＊　＊　＊

「辛苦妳了。」
沙發上有兩道人影。
穿著宛如男公關Cosplay服的佐藤，以及枕在她大腿上的嬌小女子——本間百合。
佐藤聽完百合的描述，在她耳邊呢喃。那短短一句話，讓百合的情感為之震動。
「……就是說啊。」
溫柔的嗓音滲透她全身。
「……我努力過了！」
壓抑已久的話語流瀉而出。
「我無法跟任何人訴苦，只因為不想輸，而一個人努力到今天……！嗚哇啊啊啊啊！」
「沒事了。真了不起，真堅強。妳辛苦了。」

佐藤穿著男公關的衣服，卻像聖母一樣撫慰百合。百合彷彿將之前累積的情緒一口氣釋放般叫道：

「我想揍扁他！」

「是啊，很想整死他對吧？」

「我想讓他嘗遍所有絕望的滋味！」

「嗯嗯，我懂。真想把他扔到只要有洞就想侵犯的肌肉猛男變態巢穴使他的敏感程度提升三千倍後再回到一般社會刻意提供他幸福的生活讓他明白自己的身體已無法滿足於普通生活再把他派到戰亂地區。讓他成為混沌組織的玩具被玩弄到喪失情感後再奇蹟似的被救出來花很長時間好不容易找回情感後又被背叛而深感絕望過著無繩高空彈跳般的人生。」

「這樣還算便宜他！」

「乖乖，妳忍到極限了吧？殺意好強。」

鈴木縮在辦公室角落，渾身顫抖。

佐藤則正面接受百合釋放出的扭曲恨意。

「可是百合，詛咒別人會有兩個洞喔。」（註：日本諺語，害人害己之意，兩個洞指的是對方和自己的墓穴。）

「少囉嗦！被凌辱就會有三個洞啦！」

「好色喔。冷靜一點嘛。」
「辦不到～～！」
百合的淚水和鼻水都擦在佐藤的Cosplay服上。
但佐藤依然笑容未減。
「百合，妳正在找工作對吧？」
「……對。」
「做得好。不過照這樣下去，妳換了工作可能還是會遇到一樣的狀況。」
「……為什麼？」
佐藤說了聲「我問妳」。
「百合，妳在這間公司曾經表達過喜歡那個人嗎？」
「怎麼可能？」
「為什麼？那個人從一開始就很壞嗎？」
「……沒錯，這還用說？」
他從一開始就令人討厭。
全身上下散發出瞧不起人的惡意。
「那麼，那個人從一開始就認為妳是好欺負的對象吧。」

「這點我……」

不知道，不可能知道。

「百合希望自己受人喜歡嗎？」

「……如果可以的話，當然希望。」

「那就必須主動表達自己也喜歡對方。」

「……唔。」

這句話深深打動了百合。這麼說來，她好像從未對任何人說過喜歡，不過倒是會表現在態度上。遇到值得尊敬的人，自然會回以相應的態度。

然而從未用言語表達過。

「到了新公司主動向大家示好吧。」

「……可是如果是男的……」

「這跟性別無關。」

佐藤仰起頭。

她眼中映出過去和夥伴們一同開發奧拉比系統的日子。

「在拚命奮鬥的時候，性別一點都不重要。」

「……佐藤小姐……」

她們倆才剛認識，今天第一次交談，卻能互相理解。就像看小說時對角色產生共鳴般，兩人奮鬥至今的人生經驗在看不見的地方重疊了。

「鏘鏘！」

「哇，突然怎麼了？」

佐藤將手機螢幕遞到她面前。

「……遊戲？」

「對，這是我離開上個職場後，用來逃避現實的超棒遊戲。」

「等一下，這個鋪陳讓人有點難消化。」

「我不等！聽說製作遊戲的是間新創公司，正在徵人喔。」

百合感興趣地說了聲：「哦～」

「毛遂自薦吧！」

「……可是不知道會不會過。」

百合說出內心的擔憂。接連的失敗使她自信盡失。她認為新創公司講求的是熱情和實力，自己應該不會被錄取。

「來做自我行銷用的ＡＰＰ吧！」

「……可是我沒有時間。」

這是她最煩惱的事。

找新工作需要錢，維持現在的生活也需要錢。因此她在找到新工作前無法逃離現在的職場，完全沒時間著手做新東西。

「去打工啊！」

「……打工？」

百合俯下視線。她的自尊心不允許她這麼做。

「……這樣不是很難堪嗎？」

「為什麼？」

「我本來想在找到新工作後，再瀟灑地拋下這間爛公司……而且我有大學學歷耶。」

「那有什麼關係！」

佐藤語氣堅定地說。

「可是……這麼做不算逃跑嗎？」

百合仍不死心。

佐藤緩緩搖了搖頭。

「逃跑也沒關係。再這樣痛苦下去，妳可能會失去前進的動力。但現在還來得及，現在這一刻還來得及。」

「可是……」

我不能輸——這股情緒支撐她走到今天，是她磨損的心唯一剩下的東西。所以她不能退讓，無法輕易改變心情。

「競爭只會發生在同等級的人之間。」

佐藤補充「這是我從動畫聽來的一句話」，接著說道：

「不需要去理會那些停下來擋在妳面前的人，換條路走吧。可能需要倒退幾步，但不用擔心。只要一直往前，就能走得比現在更遠。我就是這樣。」

「……比現在更遠。」

百合抬起頭。

佐藤以溫柔的表情回望她。

「百合妳一定做得到。」

「……佐藤小姐。」

百合眼中亮起光芒。

佐藤滿意地說：

「好！我們來綽、做APP吧！」

「真是的，別吃螺絲啦。」

百合頭一次呵呵笑了出來。
佐藤見到她的笑容後，眼神像孩子般閃亮。
「安卓和蘋果，哪個妳比較有經驗？」
「安卓，我基於興趣做過幾次。」
「那就用安卓！妳有什麼點子嗎？」
「呃，我有幾個沒被採用的企劃。」
「就用那些！來做吧～～！」
「……好、好哇！」
兩人開始動手做ＡＰＰ。鈴木從角落觀察著她們。
……感覺又要被她唬弄過去了。
她大剌剌干涉客戶的私事，以公司的立場來說不該這麼做。要是客戶因此陷入比現在更糟的狀況，她要怎麼負責？
——這正是折磨鈴木的問題之一。
我會改變世界。鈴木曾對佐藤這麼說。
體察客戶的心意。這是鈴木最重視的事。
然而，腦中的常識妨礙了他。在實現理想的路上有太多高牆。

這肯定也是一種正確答案。鈴木看著瞇眼敲打鍵盤的本間百合，以及在旁多加指導的佐藤愛，內心這麼想。

……妳真的很厲害。從以前就是這樣，一點都沒變。

「那個，今天真的很謝謝妳。」

「不客氣，抱歉ＡＰＰ還沒完成。」

「沒關係……我會自己加油的！」

「嗯。我都會在這裡，歡迎妳隨時來上課。」

「好！」

百合說了聲「對了」。

「可以請妳脫一下外套嗎？」

「可以啊～～怎麼了～～？」

佐藤以一般的方式脫下外套。

四目相交。百合晃著肩膀輕笑起來。

「我們的解釋果然不同。」

她站起身。

頭也不回地向前邁步。

鈴木叫住了她。這間補習班畢竟不是慈善事業，鈴木還是要和她談生意上的事，像是請她填問卷、邀她來上課等等。討厭和男性接觸的百合這次老實地聽鈴木說話。

性別不重要。拚命奮鬥時，人只會一心看著前方。

——我接下來要繞點遠路。先辭掉工作，開始打工，做完ＡＰＰ，再找新工作。不，直接去面試好像也行，該怎麼做呢～？

總之有好多事可以做。我已經不在乎有沒有贏過爛課長。而且，如今那個職場沒有我應該無法運轉了吧？沒錯，肯定是這樣。誰叫他們要一直把工作塞給我，活該。啊～不能看見他們的慘樣有點可惜。但我決定不再想這些，花腦筋在他們身上太浪費時間了，因為我已找到該做的事。我要比現在走得更遠！

＊　＊　＊

本間百合離去後，鈴木望向一臉大功告成的佐藤問道：

「佐藤，妳剛剛說……『我就是這樣』，是指上一個職場的事嗎？」

「呃……喔～～那個啊。」

佐藤回想起剛才說過的話。

「寫程式的人很容易掉進泥沼中。」

「……掉進泥沼？」

「就是無法前進的意思。」

「……嗯，這樣啊。」

鈴木有股不好的預感。

佐藤以爽快的口吻接著說道：

「覺得快撐不下去時換個方法試一下，通常都滿有用的。」

「……換言之？」

「這裡是程式設計補習班嘛！有時候也要教學生一些心法！」

鈴木想了一下。

「……雖然覺得不太可能，但還是想問一下，妳好像不是第一次處理這種狀況？」

「對我來說簡直是家常便飯～～」

鈴木打從心底想。

「我可以驕傲地說！從我開始Cosplay以來，還沒有把任何人搞到住院喔！快叫我聖女大人！」

「……喔。」

早知道就不問了。

＊　＊　＊

「知道我為什麼找你過來嗎？」

「……應該是因為加班時間變長了吧。」

公司許多會議室中的一間。

平時很少露面的部長，將不斷騷擾員工的課長找了過來。

組織出了問題。課長——原所屬的組織，無論發生任何狀況都無法被更高層級的人看到。應該說，這是原利用職場政治刻意而為的結果。

上級很信任原。他立了很多功，當上課長後也有不錯的成果。他們那個課的加班時間少，離職率也低。因此部長完全相信他的定期報告，認為他將下屬管理得很好。

「上個月有個新人辭職。」

「……呃，是啊。那個人固執己見，經常和別人起衝突，問題很多。我已努力調解紛爭……但還是無能為力，我很慚愧。」

虧你說得出口。

知曉一切的部長心裡這麼想。

——那個人用了「離職代理」服務。

那個課之所以離職率低，是因為課長從不接受下屬的離職申請。原將本間百合的離職信退回。最後，百合請了專業的代客離職人員來幫忙處理。那是公司外的人，也很懂法律，即使靠原的政治手腕也無法阻止。儘管覺得屈辱，但不是什麼大問題。不過是新人離職嘛——原這麼想。

「不可置信。」

部長遺憾地說。

「我們認識這麼久，我真的很信任你。」

原起了雞皮疙瘩。

心中警鈴大作，使他渾身不舒服。

「我遭到降職處分了。」

原保持沉默。部長被處分的理由他心知肚明，但大腦拒絕理解。

太奇怪了，這不可能。絕不可能發生這種事。

「公司剛好空了一個課長的位置出來。」
「……您的意思是？」
部長像凶猛的肉食動物般瞪著原。
「你叫得出幾座外島的名字？」
「……外島？」
「沒錯，其實我在幾座外島上設有工廠。規模可能稱不上工廠就是了。」
「呃，部長，請再給我一次機會！」
原臉色蒼白地提議道。
「放心，你不孤單，我會連你心愛的下屬也一起送過去。那裡也有很多大哥會好好疼愛你。」
「我會把她找回來！」
「哪有可能辦到？」
「我發誓！我會平息一切風波！」
原拚命求饒。部長帶著憐憫的眼神，聽他這麼說。

＊　＊　＊

「這個檢查過了，做得很好。」

認識佐藤小姐一個月後。

我現在在她介紹的遊戲公司上班。

「我可以提問嗎？」

「好啊。」

「關於測試中的新關卡——」

這是個彷彿回到國、高中時代社團般的職場。

平均年齡三十歲上下。包含我在內有十二名員工，每天從早工作到晚。

「最後還有一件事。我有個關於遊戲平衡的提案，請問今天下午三點方便挪出一個小時給我嗎？」

「可以，我把時間空下來。」

「好，待會見。」

我轉頭後忍住哈欠。最近睡得很少。如今工作的質與量都遠遠超越前一間公司，加班時間當然也變長了，甚至連薪水都比較少。單就數字來看很不妙。

……嗯，將剩下的測試項目做完後要整理資料，還要改規格……氣死了！又要改規格！

我在心裡怒吼，準備回到座位。

「佐藤，你待會有空嗎？」

「嗯，有，用通訊軟體聊吧。」

佐藤。我聽到這個名字後停下腳步。

這當然是另一個佐藤。這是日本最多的姓氏，很常聽到。

不過我忽然想起一件事。

——到了新公司主動向大家示好吧。

我轉過頭，幾乎是下意識地開口。

「那個，渡邊先生！」

「嗯？還有事嗎？」

「呃，我……」

……不不，我辦不到。哪能說這種話？

在工作中突然對同事說「喜歡你」？不行不行，我絕對辦不到。

「……那個——」

但我還是忍不住想，對方會怎麼看待我剛才的態度。

那是一段宛如機械的工作對話。

我們的確很忙，沒空閒聊，即使如此——

「……謝謝你幫我檢查。」

「啊哈哈，怎麼了？這沒什麼啊。」

「不，我覺得還是要表達一下謝意。」

「這樣啊，我才要謝謝妳。很高興有妳這樣的人才進公司。」

「過獎了。」

我的臉好熱。

好難為情。

「我也，那個……」

但我還是努力表達。

「覺得你動作很快……很喜歡跟你共事。今後也請多多指教。」

「……啊哈哈，怎麼了？妳是傲嬌嗎？」

「不、不要笑我啦！」

周圍的人跟著起鬨說：「傲嬌！」

「少囉嗦！」我像小孩子一樣對他們回嘴完，接著說：
「我去一下洗手間！」
真的好奇怪。大家明明都成年了……怎麼會這樣？
真的好奇怪。我從來不知道，工作也可以這麼好玩。
——有一通不明來電。
我後來真的去了廁所。當我照著鏡子，試圖讓表情恢復平靜時，手機開始震動。我猶豫了一下，接起電話。
那是不明來電，所以我決定不出聲。
等了一會兒，另一頭傳來男性的聲音。
『請問是本間小姐的手機嗎？』
「是，我是本間。」
認識的人？是誰呢？
『好久不見，我是原。老實說，我真的很對不起妳。』
原……？咦，爛課長？
哇哇哇，好噁心，他的口氣完全不一樣。
『我醒悟了。請讓我當面向妳道歉。』

哇哇哇，連詐騙電話都比他可信。他是怎麼了?好可怕。

「我才不想跟你見面——啊。」

『……唔。』

糟糕，不小心說得太直接了。

他可能在電話另一頭暴怒吧。

「……」

他嘆了口氣。

『我想也是。我做了那麼多過分的事，妳當然不想見我。但我向神發誓，今後絕對會改過自新。求求妳，求求妳給我道歉的機會。』

爛課長哭哭啼啼地說。

不，你才不信神吧？

『本間百合小姐，真的、真的很抱歉，都是我的錯。』

老實說，他這麼拚命道歉，的確會讓我心軟，想聽他說幾句話。當時的……一個月前的我曾想讓他嘗遍所有絕望的滋味。經過這段忙碌而充實的日子之後——我的心情似乎一點也沒變。

「可以掛電話了嗎？」

『等一下！』

我刻意說得很直接。如果我猜得沒錯，這個爛人應該會開始講述他即將受到的處分，藉此博得同情。這就是我想聽的。我想知道他今後會如何。

——詛咒別人會害人害己。

佐藤小姐，對不起。

我想暫時當一下壞人。

『我還有家人。』

我興趣缺缺地回了聲「喔」。

『妳若不回來上班，我就要跟家人分隔兩地了。』

「你要被外派？派去哪裡？」

『……某座島上。』

我趕緊咬住嘴脣。好險，再晚零點一秒就要笑出聲來了。

沒辦法，很好笑嘛。

流放到孤島耶，現在竟然還有這種事？

『拜託妳，是我不好。我什麼都願意做。我女兒才要升國中而已。』

「是喔，辛苦你了。」

『給妳一千萬好嗎？我也可以讓妳的企劃被採用，要我做什麼都行。告訴我妳想要什麼。』

「想要什麼？」

我想了想。

「不然傳影片給我吧。」

『……什麼？』

「島上的生活紀錄之類的。」

『等等，妳再好好想想。什麼都行，我可以幫妳實現任何願望！真的！』

課長的聲音懇切到讓我覺得有點可憐，所以我決定結束這場對話。

「課長，請你聽好。」

『什麼？妳想到了嗎？』

我深吸一口氣。

接著將嘴靠向手機說：

「你活該。」

隨後掛斷電話，將他的電話和不明來電設為拒接。

我將手機放進胸前口袋，突然望向鏡中的自己。

「……笑得也太開心了吧。」

我忍俊不禁，大笑出來。這時要是有人進廁所，我該怎麼解釋？不知道，無所謂。因為我只能笑了。大快人心，真是大快人心。明明應該高興的，眼淚卻止不住。

「……糟糕，妝要花了。」

那段日子很難熬，真的很難熬。

看不見未來，找不到新工作，沒人願意幫助我。

但是我現在已能展露笑容，向前邁步。

這點真令人自豪。我高興到了極點。

＊　＊　＊

「喔？小傲嬌回來……抱歉，剛剛那些話害妳哭了嗎？」

「咦？喔，不是啦。」

我環顧氣氛尷尬的辦公室，得意地挺起胸膛。

「只是覺得好感度衝太高了，去拉低一下美貌而已！」

「哈哈哈，什麼意思？」

「大家笑太誇張了。現在偷懶的話，之後又要加班嘍！趕緊工作吧！」

這氛圍宛如學校社團。

我回到座位上繼續工作。

「這職場環境很棒吧？」

「……呃——」

隔壁的同事向我搭話。

……這個大叔叫什麼來著？

「啊，抱歉，我太多話了。別在意。」

「不會……啊，松崎先生。」

我看見他的名牌後想起一件事。我沒跟他交談過，但聽說他是在我不久前轉職進來的工程師。

「你最近剛轉職進來對吧？」

「妳是聽誰說的？」

「面試時渡邊先生跟我說的。他說最近不知為何有很多實力堅強的人紛紛轉職。」

「哈哈，實力堅強的人？真是不敢當。」

松崎先生停下手邊工作，彷彿想起什麼似的抬起頭。

「我前公司換了老闆，把原本最拚命的同事開除了。我氣到不行，用時下流行語來說就是森七七吧。」

有點老，但我還是附和了聲「這樣啊～～」。這話題聽起來不能開玩笑。

松崎先生先是一臉感傷，而後忽然回神，像個惡作劇的孩子似的說：

「不過那個人被開除也不是沒有原因啦。她穿著Cosplay服來上班呢。」

「Cosplay？」

我笑了出來。竟然在上班時穿Cosplay服——呃，好像也不少見就是了。

「其實我會換工作也和Cosplay有關。」

「真巧。可以告訴我是怎麼回事嗎？」

「好啊，該怎麼說呢，那個人穿著廉價Cosplay服，設定也很隨便，感受不到她對角色的愛。我一開始還心想『這傢伙是怎樣』，對她印象很差——」

我告訴他佐藤小姐的事。從此之後，我偶爾會和松崎先生交談。

松崎先生的年紀比其他同事大上一輪，因此有很強的技術，但和其他同事沒有共通的話題，時常無法參與對話而顯得很孤單。我總覺得那模樣很像過去的自己，因而積極向他搭話。比方說向他請教不懂的問題，或教他年輕人文化——例如社群網站。

我找到新的容身之處。

彷彿學校社團般的職場。

第一次做的遊戲奇蹟般爆紅，使我充滿幹勁，決定下部作品要更努力。結果新遊戲的規模大到以我們現在的人數難以負擔的地步，每天都必須加班，還有一部分的人住在公司製作遊戲。

老實說身體很難負荷，總是很想睡。

黑眼圈一天比一天深。

但這樣的日子卻無比快樂。

真的非常、非常快樂。

side－優秀的工程師

「什麼？那兩個人也轉職了？」

新老闆聽完祕書的報告，驚訝地大聲說道。

「很抱歉！」

「不，妳不必道歉。抱歉嚇到妳了。」

他做了個深呼吸，盡量以冷靜的口吻分析現況。

「那個系統堪稱公司的心臟。如果我沒記錯，就算無人管理，八成的工作也都不會受影響，會出問題的只有剩下兩成。我的理解有哪裡需要修正嗎？」

「沒有，您說得沒錯。」

新老闆冷靜地繼續分析。

「如果置之不理會如何？」

「……最糟的情況可能出現財務赤字。」

「嗯。」

上任後第一次結算就出現赤字，可能會讓股東印象變差。他腦中浮現各種藉口，例如這只是反映出組織重整造成的暫時性損失……對了，董事會也可能出問題。之前改革時每個人都一味附和，出現財務赤字後可就不會如此。

換言之，若不解決根本問題，公司就沒有未來。

「其他部門也沒有可以調過去的人才，只能外包了。」

「話雖如此，但我們才剛強硬地解除契約，要立刻簽約有點困難。」

「那要等多久？」

「少說要一個月。」

開什麼玩笑。

他咬緊嘴脣吞下這句話。

「先叫那四個人回來上班。工作陷入停頓，不可能還讓他們請特休。這樣一來，距離他們離職還有一個月的時間。我會在這段期間將問題解決。」

「好的，我立刻去辦！」

「好，麻煩妳了。」

祕書連忙想走出老闆辦公室。

「不，等等。」

「有什麼事嗎？」

新老闆叫住祕書後，深吸一口氣。

「好吧，我承認，是我錯了。」

「……您的意思是？」

他一臉不悅地說：

「把佐藤愛找回來，用什麼手段都行。」

「是，我明白了。」

祕書說了聲「先離開了」就走出老闆辦公室。

室內只剩老闆一人，他閉上眼癱軟無力。幾分鐘後忽然舉起雙手，用力捶向桌面。

「開什麼玩笑！」

他對逃走的工程師感到憤怒。

「不過是兩成的工作！原本只由一個人管理！兩個人竟然管理不來，還想逃走！太荒謬了！」

佐藤和同事共同開發的系統，可以在無人管理的狀態下處理八成的工作。只要稍微具備相關知識，就能明白這有多難辦到。然而他沒有這樣的判斷力。

他認為不過兩成而已。事實上這兩成並不是普通的工作，而是連能夠處理八成工作的系統都無法應付，無法完全自動化的工作。

……佐藤愛妳這混帳，留這什麼爛系統！

新老闆無法理解，但仍客觀地分析現況，判斷出是自己想錯了什麼。因此儘管厭惡佐藤，仍決定將她找回來。

經營者不能感情用事。各位能想像嗎？他們一個決定，有時可牽動十億、百億的資金，這些錢會決定數千、數萬名員工的幸福，當然也會影響到經營者自己的未來。

因此他總是以邏輯判斷事物。那個搞怪Cosplay女可以獨自管理的系統，沒道理兩個人管理不來。但逃走的四名工程師卻做出和他不同的判斷，他只好承認自己有錯。

他絕不是個無能的經營者。

他只是無知而已。他對工程師這種生物一無所知。

……那個系統真的只有佐藤愛能管理嗎？

他這麼問自己，得到的答案是否定的，現實卻和他想的不一樣。那麼一定有個理由。佐藤辦得到，繼任的那四人或兩人辦不到，一定有什麼理由。他只想到一個答案。

「……簡單來說，就是技術不足吧？」

＊　＊　＊

他叫神崎央橙，是網路上的意見領袖。年僅三十二歲，就已經成功讓一間新創公司上市，並用出售公司賺來的錢在海外創業。

堪稱無懈可擊的成功者。

神崎在社群網站的追隨者已破百萬，大多是技術人員，影響力十足。

不過他認為自己的本業仍是ＡＩ工程師，對外表示之所以會創業，是因為「找不到任何一間滿意的公司」。

這種發言通常會被抨擊。但若能在同時拿出成績，任誰都想說一次看看，因而受到粉絲大力支持。如果有人指責他說「別得意忘形」、「太臭屁了」，還會被粉絲嗆「你是在嫉妒吧ｗｗｗ」，簡直是個無敵的存在。

神崎現已回到日本。他在海外創立的事業已步上軌道，如今回國經營為了開拓日本市場而創的合資企業。

他每天都很早起，連洗臉刷牙時都在確認電子郵件，這當然不算在上班時間內。他的工作與人生密不可分，就算被醫生勸阻也不會停歇。

他最尊敬的企業家，連被醫生宣告命不久矣後仍持續工作，最終用意志力戰勝病魔，晉升為世界級企業的龍頭。

「啊～～我也想早點爬到那個位置。」

自鳴得意的神崎央橙。都說笨蛋和天才只有一線之隔，他腦袋裡同樣少了幾根筋。

「……喔？」

一封郵件令他停下動作。

「奧拉比……我好像在哪聽過。」

他在社群網站上詢問追隨者：

哈囉，有人知道奧拉比系統嗎？

「還沒人回覆？先替這封信加個星號好了。」

他放下手機開始沖澡。

沖完澡後，連吹頭髮時都在看郵件。

隨後從裝著許多同款衣服的籃子中拿出一套，邊換衣服邊走向客廳。走到客廳後用單手準備烤吐司等簡易早餐，坐在一個人用起來太大的家庭式餐桌前用餐。不用說，過程中他一次也沒放下手機。

他將處理郵件視為挖寶。

大多數的信都不值得回覆，不過偶爾會出現令他想看第二次的信。

所以才叫挖寶。他喜歡將無聊的看信工作當作遊戲來玩。

「好～那叫奧……什麼來著？不知道有沒有人回覆。」

處理完郵件後，他再度打開社群網站。

才三十分鐘前的推文就有八則回文。有一半是廢話，另外三則是從網路上搜尋來的資料，還算有用。剩下一則——

「挺有趣的嘛。」

神崎對那則回文按讚後，打電話到那封郵件署名處的電話號碼。於是當天下午，他便前往RaWi公司，並在那前後發了幾則推文。

『我要去見識那個系統了。』

『超興奮的，我什麼都不知道。』

『不能寫太多細節，總之超讚的，根本是新世界。如果有時間真想一整天都待在這裡，可惜沒時間。』

『開發者竟然轉職了www 不會吧www』

『玩得超開心，接下來要回去工作了。』

＊＊＊

「再請教一下，您覺得敝公司的系統如何呢？」

「簡直是藝術品。真遺憾無法和開發者說到話。」

「我也這麼認為。要留住優秀的工程師實在是件難事。」

「您說得是。」

神崎在網路上態度高傲，但終究是在社會上打滾的人。他彬彬有禮地與新老闆對話。

「請坐。」

「好，謝謝。」

那麼，他要找我談什麼呢？

神崎在笑容底下繃緊神經。

新老闆不疾不徐地開始說道：

「久仰大名，哎呀～～您真是年輕有為。」

「不，過獎了。不過……」

神崎面帶笑容表明：

「不必對我說那麼多開場白，有話就請直說。」

這樣無禮的發言本來有可能給人壞印象。

「請問您讓我見識奧拉比系統的目的是什麼？」

但他的聲音和表情絲毫未讓人感到不悅。

新老闆愣了一下，很快又擠出笑容。

「哎呀，年輕人談事情真有效率。」

「還是要依狀況而定。您這次請到的是我，我不重視禮節。」

他帶著閃亮的眼神說道：

「我只在意一份工作有不有趣，再者是能不能賺到錢。」

「原來如此，真是實際。」

新老闆和神崎對視。

神崎也回望著他，未別開眼神。

兩人在寂靜中揣測對方的心思。

隔了幾秒後，新老闆開口道：

「我就直說吧。若能得到奧拉比系統，你會如何？」

「我將欣喜若狂。」

他們各自的腦袋裡有著不同的盤算。

「條件很簡單，你只要在接下來一個月管理那個系統就好。」

喔？真有趣。

神崎揚起眉毛，表情彷彿這麼說。

「說來丟臉，敝公司沒有一個後繼者能了解系統的全貌。這樣實在浪費了那個系統，也無法將之運用在商業上。」

神崎不發一語，笑著不斷點頭。

「看來普通的工程師不足以應付那個系統。」

新老闆說了聲：「不過——」

「神崎先生可就不一樣了吧？」

「我懂了！」

神崎大聲說完，站起身來。

那表情宛如發現寶石的孩子般燦爛。

他接著說：

「不好意思，請去找別人吧。」

「……什麼？」

「啊，我下個行程有點趕，先告辭了。」

「等、等一下！至少聽完報酬再走吧！」

「辛苦啦～～」

神崎像個大學生般冷漠地打完招呼，便離開座位。

這突如其來的反應讓新老闆詫異不已，一步也動不了。

『真沒勁。』

神崎在社群網站上只說了這麼一句。

理由很簡單。在簡短的對話中，新老闆不斷踐踏神崎的尊嚴。

一、他想僱用神崎這個本來就很忙碌的創業家。

二、他想叫一個ＡＩ工程師來管理不同領域的系統。

三、他認為神崎只是一個和他人並無不同的「優秀工程師」。

新老闆的心思顯而易見，簡單來說就是「想找個能力強的技術人員，不管誰都行」。

——這是個重大的分歧點。新老闆樹立了一名大敵。

正因他輕視技術人員，才會犯下這種失誤。只要對技術人員稍有理解就能避免。

「……怎麼會？」

神崎離去後，他呆愣地喃喃自語。

「……我做錯了什麼？」

這計畫明明很完美。神崎央橙是好奇心旺盛的工程師，只要看見新技術就會沉迷其中。因此，新老闆讓他先碰奧拉比系統，他的反應也很好。這明明是在完美條件下展開的交涉。

「……這些傢伙全都一個樣。」

新老闆總是提醒自己要保持冷靜。

然而接連遇到意料之外的狀況，使他的原則逐漸龜裂。

「……算了。反正神崎央橙本來就是備胎，只要佐藤愛能回來就好。」

仔細想想，神崎是創業家，或許不情願照著別人的指令辦事。

佐藤不一樣，只是個普通人。雖然成本可能提高，但只要花些錢就能把她找回來。

那麼新老闆也只好承認是自己錯了。這就是所謂的停損。

「……好，下個行程是什麼？」

他轉換心情拿起手機。

點開行事曆，站起身來。

一連串的動作乍看都很冷靜。

臉上卻有著藏不住的陰暗情緒。

第3話 用毅力苦撐的做法過時了嗎？

我叫佐藤愛，今年兩歲！（＋300個月以上）

現在正躺在客戶的大腿上尋求母愛！

「壞壞！」

哇啊哇啊！

「百合妳壞壞！」

哇啊哇啊！

「每件Cosplay服都是我的心血！我講求的是快速換裝！規定自己只能花一分鐘！可是、可是～～……妳竟然說那是破爛東西～～！」

「乖乖，別哭了。」

百合開始固定來上課。佐藤聽到她轉職成功，感同身受地替她開心，接著卻大哭起來。

因為佐藤想起百合在評論上狠狠批判了她的Cosplay品質。於是百合不得不安慰佐藤。

「對不起，我看到其他人的評論說妳的Cosplay是破爛東西，也忍不住這樣寫。」

「咦，所以那不是真心話嘍？」

「是真心話。」

嗚哇啊啊啊啊！

佐藤再度大哭起來。鈴木遠遠看著她，一副「由她去」的表情。

她哭一哭忽然停了下來，以略為認真的神情盯著百合說：

「百合，妳好像變漂亮了。」

「是嗎？我反而覺得黑眼圈加深，變醜了呢。」

「才不會呢，超可愛的～～」

佐藤傻笑著稱讚她。

百合害臊地別過臉去。

「工作怎麼樣？」

「同事都很幼稚，累死我了。」

「開心嗎？」

「……還行。」

小傲嬌仍把臉撇向一邊說。

「老實說煩心的事還比較多。比方說他們時間觀念很差，昨天要是沒有我提醒，就要錯過末班車了。」

「哇～～喔，要注意健康喔。」

「這部分沒問題。在渡邊先生——老闆的提議下，我們週三多放一天假。」

「喔～～週休三日，好棒喔。」

「只是為了抵消加班時數而已。」

「是嗎？還是很棒啊～～」

百合一臉得意地說「沒什麼啦」。

接著望向自己的雙手說：

「所以我還算有體力……不過最近如果不做些什麼，手就會開始發抖。」

「啊，這樣不行，我們換一下。」

佐藤坐起身。

讓百合枕著自己的大腿。

「轉換心情很重要。妳可以聽一些令人放鬆的音樂。」

「不用擔心，我總是帶著喜歡的人配的廣播劇。妳看，我現在也戴著藍芽耳機。」

「啊～～我懂～～聽了心情會平靜下來～～」

「是的，但還不夠。所以今天……請讓我枕著妳的大腿直到下課。」

佐藤一臉驚訝地說了聲「哇」。
然後清了清喉嚨，以性感的聲音說：
「哎呀，真愛撒嬌。」
「我只對妳這樣。」
鈴木看著兩人心想。
……這裡才不是那種地方。
不過他沒有出言阻止。只要客戶滿意就行了。縱使這個判斷就常識來說不太正常，但也可說是新創公司的特權……沒錯，鈴木相信這點。客戶的笑容才是最重要的。
鈴木閉上眼，感受著強烈胃痛心想。
努力撐下去，鈴木。
你應該是對的。

＊　＊　＊

佐藤進公司後過了一個月。

鈴木看著寫在筆記本上的業績思索。

目前招到兩名學生，提供了七次免費體驗。以上述資料計算，成交率約為三成。不可否認母數的確不足，但就現在來說算是不錯的成績。平均的滿意度非常高，所以只要多招攬一些人來體驗，學生人數應該就能增加。

不過還是有待解的課題。學生人數一旦變多，就可能發生「人手不足」、「報了名卻預約不上」的問題。這些雖然之後才會發生，但也必須想好對策。

「請用茶。」

「嗯，謝謝。」

鈴木從身穿套裝的女性手中接過茶，喝了一口。

這茶品質很好，茶葉的香氣在口中擴散。

他再度開始思考。

這次想的是更重要的事。

為工程師辦的大型活動。活動上需要的「裝置」因為佐藤的加入得以順利開發。另一方面，參加者招募進度截至昨天為止約為百分之二。儘管這數字仍非常低，但只要讓日增加數平滑化，就能使數字逐漸上升。另外若將參加活動視為成交，那麼每當得到好評，成交率就能提升。

鈴木繼續計算。若維持現狀——

「不好意思，佐藤，這樣我無法專心。」

「咦～～我只是在旁邊看耶～～」

思考中斷。

鈴木將頭靠在沙發椅背上。

「妳今天怎麼穿套裝？」

他轉動眼睛，望向坐在旁邊的佐藤。

她今天難得穿著出席任何場合都不會難為情的衣服。

「小健是不是都沒在看動畫？」

「是啊，只看動畫電影。」

鈴木拿著茶杯打量佐藤的服裝，瞇起眼睛。

「這難道也是動畫角色？」

「當然～～」

鈴木喝著茶說了聲：「哦～～」

佐藤這次沒開玩笑，只笑笑地看著鈴木。

「……怎麼了？」

「什麼事？」

「妳從剛剛起就一直看著我，我臉上有什麼嗎？」

「沒有，只是覺得看著你可以讓心情平靜。」

鈴木別開視線。他表情冷靜，實際上內心小鹿亂撞。

……她總是和人靠得很近。

鈴木這麼心想後，開始思索佐藤這個人。

她不分男女，總是和人靠得很近，大剌剌入侵別人的私人領域，卻一點都不會讓人感到不悅。鈴木認為這是極為罕見的才能。

天真，而且表裡如一。

看似缺乏常識，對人卻觀察入微。

這種性格正是鈴木的理想。至於外表，除了Cosplay的部分外都很普通，沒有特別的魅力。不過看見她天真的笑容，心情總會變得輕鬆。

……這是什麼情感？

尊敬、憧憬或羨慕。鈴木腦中浮現一些相近的詞，但每個都不精確。不過他感到舒服自在，希望這樣的時光持續下去。正當他這麼想時。

嘟嚕嚕〜〜♪

電鈴響了。

有客人。鈴木打開門，見到一名西裝男子。

對方向鈴木致意並鞠了個躬，遞出名片說：

「我是on轉職仲介公司的柳。」

＊　＊　＊

【就業保證】無經驗者只要三個月，就能當上【AI工程師】。

在轉職市場可以看見這樣的廣告。

如此吸引人的廣告並無誇大不實。

再重複一次，並無誇大不實。

令人驚訝的是，廣告上說的都是真的。

然而這些條件皆有但書。

一、真的有就業保證。下廣告的業者常會和一些公司合作，提供他們相關人才。業者可獲得巨額報酬，但那些人才的下場就和大多數人想的一樣。

二、真的能在三個月內習得技術。但僅限於具備一定天賦，而且辭掉工作全心全意學習的人。教材當然要自費。

三、真的能當上ＡＩ工程師。不過能接到的只有數據標註這種簡單的工作。常用網路的人，一定曾在登入畫面中遇過圖片驗證程序，例如從幾張圖中選出紅綠燈等等。這就是數據標註。

以上是ＩＴ轉職業界的黑暗面。鈴木當然知道這個黑暗面，因此他本來會以嚴格的眼光看待這種事。然而他現在眼中卻含著淚水。

——柳激動地述說著一名求職者的故事。

那人名叫洙田裕也，三十歲，男性，是個住在埼玉縣的派遣員工。

他的薪水很少，扣掉房租和水電費等固定開銷以及學貸和各種稅金後，收入竟是負數。

他由母親一手帶大，現在也和母親同住。他的收入當然不足以支持兩人的生活。不足的部分由母親打工來補貼。而他之所以想換工作，是因為——

（……想帶母親去夏威夷旅行。）

「那是裕也母親長久以來的夢想。她獨自養育兒子，犧牲了很多，一晃眼就快六十歲了。裕也以前從未孝敬過母親，所以想趁母親還硬朗時，回報她的恩情。這就是洙田裕也決定換工作的理由……！」

鈴木點點頭，眼中接連流下斗大的淚珠。

「裕也是個孝順的好孩子，我很想替他實現心願。」
柳叫道：
「但是辦不到！以他的能力哪都去不了！換工作沒那麼簡單！」
柳激動地說，臉上涕淚縱橫。
鈴木聽他述說，臉上也涕淚縱橫。
佐藤用手帕擦了擦鈴木的眼睛。
見鈴木如此愛哭，佐藤露出苦笑。但她的眼眶也溼了。
「我前幾天看到貴公司的網路評論。雖然成立不久，但很有潛力。」
柳從沙發起身，跪在地上。
「鈴木先生！請您好好培育裕也吧！」
柳磕著頭說：「拜託你了！」
鈴木在心中大喊：「我怎麼能拒絕！」
「柳先生，把頭抬起來吧。」
「……鈴木先生！」
鈴木接過佐藤遞來的手帕，擤完鼻涕後跪在柳面前。
「我想您應該知道，這裡不歡迎無經驗者。」

「……是！」

鈴木隔著手帕用力壓了一下雙眼後，狠下心來說：

「這世界很殘酷，我們必須持續學習不斷進步的技術，必須自行思考該學什麼。老實說都三十歲了還沒有一技之長，我不認為他找得到工作。他來這裡說不定只會體會到現實的殘酷而已。這樣也沒關係嗎？」

「沒關係！」

柳用袖子擦了擦眼淚說：

「裕也是真心孝順他母親……！他不會輕易被擊垮的！」

「……我明白了。」

兩人握了握手。

簡直像連續劇的序幕。述說著一個無用之人從谷底翻身的感人故事。

佐藤在稍遠處看著他們。

難得身穿套裝的她，深深感受到有哪裡不對勁。

＊　＊　＊

裕也直到最近才知道「小孩房大叔」這個流行語。早上起床爬出薄被窩，映入眼簾的是書桌。桌上擺著各種書，像是學生時代買的證照考試用書、出社會後買的勵志書籍，以及每次讀都會感到挫折的程式設計入門書。

他從以前做事就不得要領。母親總說「小裕只要想做就能做到」，不過他前幾年終於明白自己達不到母親的期待。

他好歹念了正規大學。動用母親存了十多年的錢、獎學金，以及自己打工的薪水，花的錢超過家中所有財產，好不容易畢業。

拚命爭取到工作後，卻得聽命於比自己年輕的主管。薪水也很低，換算成時薪甚至未達到最低標準。

太慘了。

只要多想一分鐘，眼淚就會奪眶而出。

原因他很清楚。

因為自己至今一事無成。

生活貧困，打工又忙，沒時間學新東西，也不知道該做什麼。他就是這樣一直找藉口，才會導致現在的生活。沒什麼好辯解的。不用別人說，他自己最清楚。

他程度很低。

沒有任何成功經驗。

連要想像自己成功都很困難。

不過他還是相信奇蹟，開始找新工作。結果不太順利，但他還想要再堅持一陣子。自己真是個不死心的人。不，應該說是不懂何時該放棄的蠢蛋。

為什麼？

這個原因他當然也知道。

「早安，小裕，早餐做好了喔。」

「嗯，謝謝。」

裕也走出臥房，母親穿著舊舊的夏威夷花襯衫，帶著從未改變的笑容對他說。儘管多了許多皺紋……他仍最愛母親的笑容。為了這副笑容，就算被嘲笑是小孩房大叔，被罵是無法離家的媽寶，他都無所謂。

他想回報母親的恩情，一次也好。

母親有個夢想。她從以前就常說想去夏威夷旅行，但礙於金錢因素從未實現過。她只好穿上花襯衫，或用雜誌剪下來的圖片裝飾房間，以此作為妥協。所以裕也很想實際帶母親去夏威夷玩一次。

這就是他至今無論過得再怎麼慘，都沒有放棄的理由。

「小裕，你要出去啊？」

「嗯，去學點東西。」

「哇～好棒喔，最近的年輕人出了學校還會學新東西啊？」

「太誇張了，而且我的年紀已經稱不上最近的年輕人了。」

「說什麼呢？你還年輕啊。念書加油。」

「好，我出門了。」

裕也離家後走二十分鐘前往車站。途中看見一群大學生。

他別開視線，無法直視。不知從何時起，只要看見年輕人，胸口就會一陣疼痛。

真想重新來過。重來一次，讓母親過得輕鬆一點。找一份好工作，讓母親每年都能去夏威夷旅行。他想學得相應的技術。

真是痴人說夢。如今再怎麼後悔，都太遲了。

他明白自己沒有能力。

即使如此，仍無法放棄。

因此他今天走出了家門。

前往轉職仲介柳先生介紹的補習班。

＊　＊　＊

「不好意思，洙田先生。我們不歡迎無經驗者。」

鈴木問了幾個問題後，遺憾地說。

「聽說您想找份好工作以孝敬母親，這份孝心很可貴。我從柳先生的描述聽來，原以為您是個加倍努力的人。然而實際談過後才知道您從未寫過程式，我感到很失望。」

洙田臉上浮現困惑神情。這很正常，畢竟是信任的轉職仲介介紹他來的，他作夢也沒想到會被拒絕。

「恕我直言，您還是走別條路吧。」

鈴木也不是個沒人性的惡魔。

所以他才要告訴洙田現實有多殘酷。

「工程師地位很低，大部分的工作都是將門外漢的設計圖做出來。這樣的工作一般稱為下游處理，薪水很低。若想要有高收入，就必須自行調查最新的市場需求，自行學習。」

他頓了頓，說了聲：「例如——」

「最近的熱門關鍵字是ＡＩ和ＲＰＡ。」

洙田知道ＡＩ，但第一次聽到ＲＰＡ這個詞。
鈴木看得出他聽不懂，但刻意不說明，繼續說下去。
「自學時，伴隨而來的是孤獨和痛苦。」
鈴木停了一次呼吸，問道：
「洙田先生，您喜歡加班嗎？」
「……不喜歡。」
「我想也是。」
鈴木接著望向坐在旁邊的佐藤。
「佐藤。」
「是。」
聽見鈴木突然呼喚自己，佐藤嚇了一跳。
「上週末妳做了什麼？」
佐藤想了一下。
她明白鈴木為何這麼問，也明白鈴木想聽到什麼答案。但總覺得哪裡怪怪的。
「我在處理那副眼鏡。」
佐藤想了幾秒，說出鈴木想要的答案。

「那是我指派給妳的工作。其實妳不必在假日處理的。」

「沒辦法，我覺得很好玩嘛。」

「好吧，待會告訴我妳花了多久時間。我再付加班費給妳。」

「不必啦，這是興趣。」

「不行。」

「這樣本月加班時數會超過一百喔。」

「嗯，抱歉。待會再說吧。」

鈴木清了清喉嚨。

視線回到洙田身上。

「那麼洙田先生，想找高薪ＩＴ工作的您，上週末在做什麼呢？」

洙田低下頭。

他當時累到在補眠。不只上週，每週都是如此。他從未在週末處理過任何工作。

然而那個名叫佐藤的女子卻笑容滿面，連週末都心甘情願地工作，還說是興趣。

洙田明白鈴木的意思。正因如此，才閉口不語。

「有什麼特別的理由嗎？」

鈴木詢問沉默的洙田。

「如果有什麼非學程式設計不可的理由，請告訴我。」

洙田聞言開始思考。

他想起母親的臉。某次閒聊時，母親問起他的工作，他回答自己做的是用電腦的工作。當時母親說，會寫程式真厲害。

這件事他不可能告訴別人。

怎麼叫一個三十歲的人說出這種動機？

「我明白了，您不用勉強說出口。不過請容我再說一次，洙田先生，我們不歡迎無經驗者。」

鈴木端正坐姿，告訴洙田：

「請去找別的出路吧。但若您有非學不可的理由，請至少寫過一次程式再來找我們。」

——他說的肯定是對的。

「敝補習班歡迎您。」

補習班通常連對完全沒有未來的學生也會提供服務，因為他們必須使利益極大化。然而鈴木並不認為利益是最重要的。

「……我明白了。」

洙田有氣無力地回答。

「柳先生那邊就由我來說明。」

「……好，麻煩你了。」

鈴木的判斷肯定是對的。

就算暫時將技術教給他，但十年、二十年後呢？沒有自主學習能力的人，不可能長久當一名工程師。鈴木也無法在洙田每次遇到瓶頸時都幫助他。

這個判斷就個人而言是正確的。

但就企業角度而言大錯特錯。

鈴木客觀思考。自己現在說得嚴厲一些，洙田肯定會選擇走別條路。這是正確的，畢竟他的目標並非隨便找個工作就行，他要找的是收入足以帶母親去夏威夷旅行的工作。

不過，若洙田下定決心再度來到這裡，就有可能成為一名成功的工程師。屆時鈴木會負起責任教導他。

做決定的不是鈴木。鈴木和這間補習班並不是洙田的母親。若他像隻金魚一樣，只會張著嘴等待家長或學校給他資源，什麼都不會改變。

做出選擇吧——鈴木在內心喊道。柳的話語讓他大受感動，認真思考洙田的未來，所以才冷酷地告訴他現實。鈴木希望這能為洙田帶來改變。

這是再常見不過的事。

世界是無情的。
無法自己站起來的人，什麼都辦不到。
因此強者只好將弱者推開。
狠下心叫他以自己的力量站起來。
如果弱者能站起來，強者會很樂意伸出手。一個人就算再軟弱無力，只要願意前進，那副姿態將無比美麗。
被打倒的弱者必須靠毅力站起來。
在虛構故事裡，這樣的做法再常見不過。
因此她——佐藤放聲大叫：
「那已經過時了～～～～～～！」
＊　＊　＊
他說的都對。
然而他搞錯了一點。他說沒有自主學習力的人在ＩＴ世界混不下去，因此要裕也找別的出路。但別的出路在哪裡？只要照著別人的指示做事就能生存下去的出路究竟在哪裡？

裕也知道。

就是他現在待的職場。

薪水低到連活過明天都有困難，必須聽命於比自己年輕的主管，就是這樣的職場。

裕也渴求變化。所以今天才會來這裡，希望能改變什麼。結果卻被看起來比自己年輕的講師訓了一頓，告知現實有多殘酷。

沒錯，他搞錯了。他說的這些話，不用別人提醒，裕也自己最清楚。

裕也三十歲了，知道自己為何混不下去。社會和環境都沒錯，錯的是只能像金魚一樣張著嘴等別人餵飼料的自己。他知道，但什麼都做不到。

這情況慘得讓他想吐。小時候他或許還能向人吐苦水，然而長大成人後，他只能將辛酸全部往肚裡吞。

「……」

裕也默默站起身。

在他轉身想離開時，聽見有人大喊。

「那已經過時了~~~~~~！」

聲音大到令他腦袋一片空白。
就像一道來得正是時候的落雷，讓他有一瞬間誤以為是從自己內在發出來的聲音。
「過時了！過時了！過時過時過時過時過時過時過時了！過時了啦！」
出聲的是那位女性負責人。
她剛才文靜地坐著，完全看不出聲音如此之大。不只裕也，連坐在她旁邊平靜說著話的鈴木都目瞪口呆。
「喂，你！」
女子用手指著裕也。
「就是你！聽見了嗎？」
「……聽、聽見了。」
裕也驚訝地回話。
完全搞不清楚是怎麼回事。
正當他感到困惑時，鈴木出言阻止。
「佐藤，妳突然幹嘛？」
「少囉嗦！安靜看好了！」
「不行，妳先解釋給我聽。」

「小健秉持的那種用毅力苦撐的做法已經過時了！得意洋洋地對人說教完還一臉滿意，超老土的！這種事他本人最清楚！所謂的教育，就應該替他解決這種問題！」

她的每句話都說進裕也心坎裡。

那使盡全力的怒吼，震撼了他的心。

這是什麼？

他心中湧出一股無法說明、難以理解的情緒。

「佐藤，我們這裡不歡迎無經驗者。唯有這點我不能退讓。像這種不願意自己開始做點什麼的人，妳就算一時幫了他，長遠來看對他也沒有好處。」

「你這瞎了狗眼的傢伙！」

「瞎、瞎了狗眼？」

這一幕讓人莫名痛快。

鈴木絕不是壞人，而是為了對方著想，刻意狠下心的強者。同時也是能力足以踩在裕也頭上的人。看見鈴木驚訝成這樣，裕也不禁有股快感。

「喂，你！」

「是、是的！」

女子再度向裕也搭話，使他感到緊張。

「你讀過入門書嗎？」

「……那個，我……」

「是不是曾因為看不懂而將書闔上？你有過這樣的經驗吧！」

「……我，呃，我有。」

她接連問了幾個問題。

「你家有電腦嗎？」

「……不，沒有。」

就像是在確認什麼。

就像在驗證她心中的假設一樣。

「你很不甘心吧？」

「……什麼？」

「被說是破爛東西，你很不甘心吧？」

「……這個嘛，是有一點。」

「我聽不見！」

「……唔。」

就像在點燃一根又舊又潮溼的火柴般。

「……我不甘心。」

「大聲點！」

她和裕也完全相反。

是個能夠自主學習的強者。

裕也經常聽別人說教，這些事他當然明白。他將喪家犬的吠叫鎖在心裡，對於什麼都做不到的自己越來越厭惡。漸漸地什麼感覺都沒有了。

所以他第一次有這種感覺。

第一次因為強者的激勵，感到滿腔熱血。

「……我不甘心！」

「大聲一點！」

這肯定是他生來第一次將這份情緒化為言語。

「我不甘心！」

他有點不懂自己在做什麼。這並不能改變什麼，不過感覺很舒暢，冷卻的心熱了起來。

「那我們開始吧！」

「開始什麼？」

「我來教你基礎知識！快去坐好！」

「好、好的！」

裕也坐回沙發後，她帶著紙筆坐到旁邊，開始講課。

「這裡有個硬幣。」

「……」

裕也默默看著她手中的百圓銅板。

「如果擲出正面，我就脫衣服。」

「咦，妳要脫衣服？」

「你期待什麼！我只是在舉例！」

裕也苦笑著說了聲「也是」。她想說什麼呢？

她清了清喉嚨，再度開口。

「寫成程式長這樣。」

硬幣＝正面或反面

如果　硬幣＝正面

　就脫衣服

「……明白。」

裕也看完她寫在紙上的文字後點了點頭。

他明白這段內容，想必連小學生也看得懂。但他摸不著頭緒，不知該從中領悟出什麼。

「用現今流行的程式語言ｐｙｔｈｏｎ來寫的話長這樣！」

```
硬幣 = random.randint(0, 1)
if 硬幣 == 1:
    就脫衣服 ()
```

「……是。」

中間雖然仍夾雜著國字，但變得更像程式了。不過裕也看著這段內容依舊無法領悟出什麼。

「如果執行這個程式，我有一半的機率會全裸。」

「的確。」

「這樣很討厭，我們換用骰子吧。」

骰子＝1到6
如果　骰子＝1
　就脫衣服

「……這樣啊？」

「來，用ｐｙｔｈｏｎ改寫它吧。」

「咦？我嗎？」

佐藤點了點頭說「對」。

裕也困惑地接過筆，沒辦法立刻動筆。這並不是件難事，但他的腦袋轉不過來。

佐藤「砰」地拍了一下桌子。

裕也望了過去，看見她剛才寫的簡單程式。

原來如此，參考這個就行了——

```
骰子 = random.randint(1, 6)
if 骰子 = 1:
  就脫衣服 ()
```

「差一點！if那一行要寫兩個等於。」

「喔，原來如此，是這樣啊。」

聽見她的指正，裕也稍作修改。

她滿意地說了聲「很好」，接著說道：

「一次就行了嗎？」

「……妳的意思是？」

「不讓程式重複直到我脫衣服為止嗎？」

「……我回答的話會構成性騷擾吧？」

「嗚哇～～你好色。真拿你沒辦法～～」

她愉快地說完，在剛才的程式最前面加上「重複」。

「你認為這樣會如何？」

「程式會重複……？」

「到什麼時候？」

「什麼時候？……呃，應該會一直持續下去吧？」

「答對了！不錯嘛，有天分！」

「……喔，呃，謝謝。」

都三十歲了，是在害羞什麼？

「那該怎麼讓程式結束呢？」

「讓程式結束？」

「沒錯，結束。很簡單喔。」

裕也再次接過筆。

他當然不知道答案，但佐藤說很簡單。因此他盡量想簡單一點，簡單……對了，既然寫「重複」就會重複，那麼寫「結束」就會結束吧？

```
重複
  骰子 = random.randint(1, 6)
  if 骰子 == 1:
    就脫衣服 ()
    結束
```

「答對了！你很棒嘛！好棒好棒！」

「……喔，呃，謝謝。」

就說三十歲的人別害羞了。

「寫成程式會像這樣。」

```
while 1:
    骰子 = random.randint(1, 6)
    if 骰子 == 1:
        就脫衣服 ()
        break
```

在她寫下的程式中，重複變成了「while 1:」，結束變成了「break」。

裕也好像開始懂了。這些句子的排列順序和國字版是一樣的，只是一部分的詞彙變成了while或是if。

他興奮不已。

繼續向她學下去，說不定就能完全弄懂。

「好，結束了。」

「咦，結束了嗎？」

「對，這樣程式設計的基礎知識就教完了。」

「……只有這樣？」

她看起來不像在開玩笑。

見他一臉困惑，佐藤開始說明。

「程式設計的基礎知識只有四項：為變數命名、列出『如果～～』的條件、重複、將脫衣服等一連串動作用函式表示。其他知識都是為了輕鬆寫程式所用的小技巧，不知道也沒關係。」

裕也聞言想了一下。

這個用骰子來決定要不要脫衣服的程式，的確包含她說的四項要素。

「請問函式是什麼？」

「自己查。」

「什麼？」

「你可以上網搜尋或看書，總之自己查查看。一定查得到。」

裕也心不在焉地回了聲「喔」。

方才那股快要豁然開朗的感覺消失了。

「那麼我們來用筆電吧。」

「啊，還要繼續啊？」

後來教學又持續了一小時。

他們先在紙上用國字寫出程式，再改寫成另一種語言，接著實際在電腦中執行程式，確認紙上的程式是否正確，不斷重複。

不過裕也寫的程式一直出錯。

佐藤每次都會叫他「自己查」，起初他不知道該查什麼，照著佐藤的提示反覆做了五次後，才慢慢抓到訣竅。

「你的工作會用到電腦嗎？」

「會，還滿常用的。」

「有需要手動輸入什麼嗎？」

「……啊，有，好像可以用程式來處理。」

裕也忽然想起這點，詢問佐藤：

「可以讓我試一下嗎？」

「不行。」

她殘忍地闔上筆電。

「免費體驗到此為止。」

「……好吧。」

身體躁動不安。

好想試試看，好想嘗試一下剛想到的點子。

然而……他辦不到。

他沒有電腦，也沒錢買電腦。

「你有大學學歷吧？」

「……對，算有。」

「那你現在就給我回去一趟！」

「呃，回去大學嗎？」

她回了聲「對」。

「回去求恩師幫忙！」

「……恩師？我不知道他還記不記得我。」

「少廢話！先做了再說！」

這句稀鬆平常的話語令他心頭一驚。

「你沒什麼好失去的，是無敵的。」

「……哈哈，真的。」

佐藤真是個不可思議的人。

這些話並不特別，但從她口中說出來卻能打動人心。

「別擔心。」

她露出太陽般的笑容說道：

「你絕對辦得到，你是個堅強的人。」

裕也忽然喘不過氣。

堅強的人。裕也不明白她是根據什麼、知道什麼，而說出這種話。儘管不明白，他仍全身發熱。情緒開始翻攪，無法抑止。

「好了！再不快去就要加錢嘍！五萬圓！」

「咦，這樣嗎？」

「開始，十、九、八……」

裕也連忙起身。

他拿起自己的東西，像是被驅趕似的走出辦公室。

「那個，謝謝妳！」

他向對方道謝後衝了出去。

目的地是以前念的大學。

他不認為去了會有什麼收穫，這一趟很可能徒勞無功。內心還有個冷靜的聲音叫著「別浪費交通費了」，然而雙腳停不下來。

——先做了再說！

她的話語縈繞在心頭。

所以他不斷奔跑，想趕在心中燃起的小火焰熄滅前盡快行動。

＊　＊　＊

「……結果我真的來了。」

裕也如今三十歲，大約八年沒來這間大學。

「……這裡假日也有人啊。」

不知是不是因為現在是午餐時間。

他學生時代坐過幾次的長椅上，坐著幾名學生有說有笑。

他想了一下後邁開腳步。

他要去一位老師的研究室，那位老師勉強稱得上他的恩師。

不知道恩師還在不在這間學校。

裕也連他還記不記得自己都不知道。
他內心充滿不安，走了過去。
抵達目的地，看了看門牌，確定恩師在這間研究室後，敲了敲門。
「請進～～」
令人懷念的聲音響起。
「打擾了！」
他鼓起面試般的勇氣，走進研究室。
「……呃，你是哪位呢？」
這反應很正常。
裕也真想轉身逃跑。
（——你是無敵的。）
「那個！抱歉突然打擾。我是畢業生洙田，今天是因為……」
「喔～～洙田啊！嗯，我記得你，洙田裕也。」
恩師敲了一下自己的手掌，開心地站了起來。
「哎呀～～好久不見。哈哈哈，很高興看到你這麼有精神。最近怎麼樣？」
裕也不知道該說什麼。

他張大嘴巴盯著恩師。

「啊，抱歉，你剛剛說到一半對吧？」

「……呃，對，那個……我想跟您借電腦。」

「電腦？你要做什麼？」

「呃，我的工作，不，我想學寫程式，所以，那個……」

「喔～～這樣啊。好，你等一下。」

裕也再度目瞪口呆。他音量很小，表達得又不清楚。然而恩師卻理所當然似的，帶他去有電腦的地方。

他們邊走邊聊。

恩師心情很好。

見到畢業生回來，他似乎很開心。

「那個，這麼說有點失禮，但沒想到您還記得我。」

「當然記得，因為你是很努力的學生。」

「……是嗎？」

「是啊。」

裕也一點也沒印象。

他甚至開始覺得恩師是不是認錯人了。

「洙田你有領獎學金，而且打了好幾份工。這樣的學生並不少見。」

恩師背對著裕也繼續說：

「不過，很少人像你一樣認真。你每次作業都有交，上課時也會忍著睡意抄筆記。這些事乍聽理所當然，但當了老師這麼久，才知道這很難得。」

——他原以為念大學沒意義。

「你有什麼夢想嗎？」

——原以為花了珍貴的錢，浪費四年時間，只買到一個派不上用場的大學文憑。

「……我想帶母親去夏威夷旅行。」

「喔，真是了不起的夢想。」

——他老是找藉口說自己辦不到，老是貶低自己。

「這邊的電腦空下來時，你隨時可以使用。要是有人問起，就說是我讓你用的。」

——但他錯了。

過去的努力並沒有白費。

「……好的，謝謝您。」

他難為情地咬著下脣。

「加油嘍。」

「……是！」

恩師拍了拍他的肩膀便離開了。

裕也抹去眼淚，觸摸鍵盤。

他只上了一小時的課，只學得了皮毛，無法應用在任何地方。

但他得到了轉變的契機。

這是他人生唯一一次，既是最初也有可能是最後的挑戰。他得到了挑戰的機會。

「……唔。」

裕也咬著嘴脣，不停流淚。

若有學生看到他這樣，應該會去報警吧。

無所謂，他沒什麼好怕的了。

因為他現在是無敵的。

＊　＊　＊

她在家獨自等兒子回來。

作為一個母親，沒有比這更不安的時刻。她明白兒子年紀不小了，但還是會擔心他是不是出意外或捲入什麼事件中。兒子越晚回來，這症狀就越嚴重。

這是母子倆平常一起吃飯的時間。

她依照多年習慣準備了兩人份料理，兩份都留在桌上沒動過。

白飯、味噌湯和一些熟食。兩人份料理不到三百圓，吃得很簡單。仔細想想她讓兒子吃了很多苦，她該負全責。若將兒子擺在第一位，應該選擇投靠父母或再婚。但她堅持要自己將兒子帶大，導致現在的貧窮生活。她認為自己真是個糟糕的母親。

但兒子從未埋怨過她。

早上起床，見到彼此打聲招呼。吃完早餐後送穿著西裝的兒子出門，稍晚自己也出門打工。趕在兒子回家前準備晚餐，和兒子一起吃飯。

這樣的日子過了十年、二十年，甚至更久的時間。她總是在想自己除此之外還能為兒子做什麼。尤其是獨自在家時，更是無心想別的事。

兒子很少說自己想要什麼，肯定是有所顧慮。她很後悔自己將兒子養成了凡事顧慮的個性。正因如此，她更該主動提供兒子需要的東西。但她不知道該提供些什麼。

真是沒用的母親。竟然連兒子想要什麼都不知道，這讓她無比懊惱。

她開始害怕。早上兒子說要出去學點東西，她沒有過問細節，但這時間也太晚了。兒子是不是不回來了？自己是不是終究要被拋棄了？她明知不可能，依舊感到不安。

要是有電話就能聯絡到他了。可是他們家沒有多餘的錢，光是買兒子工作用的手機就已經很勉強。

到了深夜十二點。

真的不太對勁。不安之餘，睡意也一同襲來。最近可能因為年紀的關係，體力衰退不少。她驅使著這樣的身體努力工作，很難再勉強自己熬夜。

不行，別睡著，至少要等兒子回來。身體卻和她唱反調，越是抵抗睡意就越想睡。結果──回神時已經是早上了。

她驚訝地坐起身後，有東西掉到了地板上。那是他們家夏天用來當被子的浴巾。仔細一看，桌上的菜少了一半。

她趕緊起身去兒子房間，見狀鬆了口氣。兒子趴在書桌上睡著了。她覺得有些懷念，不禁笑了出來。上次見他這樣還是他考大學的時候。

她悄悄走近兒子，將兒子蓋在自己身上的浴巾還給他。

「……媽……等我。」

「哎呀呀，都這麼大了還夢到我。」

聽見兒子說夢話，她開心地搭話。

兩人當然無法對話。不過她感到很幸福，昨晚的不安一掃而空。母親正是這樣容易哄騙的生物。

「要考證照嗎？」

她望向書桌。筆記本上寫了些東西，她完全看不懂。

「加油。」

她輕摸兒子的頭。

「……威夷。」

「哎呀，在作什麼夢呢？」

她笑了起來。

接著她懂了。

「……我一定會帶妳去夏威夷。」

時間彷彿停止一般。

不，是偶然，只是剛好而已。她試著否定，然而那個可能性一直縈繞在她腦中。

她很清楚兒子在想什麼，母親就是這種生物。兒子不說，她當然不會懂；但只要兒子短暫地說出一個字，她便能立刻明白所有事。

「……哎呀呀。」

她用手摸了摸眼睛，那兒落下了新的水滴。

「……哎呀。」

此外她什麼都說不出來。情緒一下子湧上來，使她無法出聲。

兒子總是很孝順。早上起床向媽媽打招呼，吃完早餐出門工作。看見兒子既有精神又獨立的模樣，總讓她深感欣慰，深感幸福。沒想到他還計劃送媽媽這樣的大禮，讓她感動得說不出話。

「……真令媽媽驕傲。」

她用雙手掩住雙眼。

而後忍不住抽泣起來，連站都站不住。

很久很久以後，她回想起這件事。

這是她人生中第三幸福的時刻。

第二名是兒子出生那一刻，第一名是——

＊　＊　＊

我簡直像看見了魔法。

我原先不看好洙田裕也。

他總是低著頭，聲音毫無精神。不管對他說什麼，他都心不在焉地回應，也不知道他聽沒聽懂。是典型的失去幹勁之人。雖然對柳先生不好意思，但我認為這個人沒救了。

然而他離去時就像變了個人。

她透過短短一小時的教學、指導和對話，改變了一個人。

有些優秀的技術人員能展現常人無法理解的技巧，而被稱為「魔法師」。

佐藤就是一名魔法師。

我甚至開始害怕。說不定她真的能看見人心，就像發明奧拉比系統一樣，宛如操縱程式般操縱人心。

這簡直是異想天開，卻又難以否認。

我開始覺得她像個來路不明的陌生人。

洙田離去後過了一會兒，她看向我。

我心頭一驚。

同時意識到自己心中的情感是什麼。

是自卑。

這個魔法師完全顛覆我的常識，創造出我想要的結果，我因而在她面前感到自卑。

我屏住氣息。

像個等待受罰的罪人般等她開口。

她伸出右手。

接著伸出左手，開始扭動雙手。

「小健～～」

……咦？

「對不起～～我搞砸了～～」

佐藤淚眼汪汪地一步步走向我。

我腦袋一片混亂，無法行動，接著她便在我面前下跪道歉。

「對不起～～！」

我不知所措。

「等等，等一下，妳突然怎麼啦？」

「怎麼辦～～這麼做可能只會讓他更痛苦而已，我卻……怎麼辦～～」

佐藤像個孩子般哭了起來。

「可是小健也有錯！那些道理不用你說，他也明白。單方面聽你說那些話太痛苦了。你那樣根本是邏輯騷擾，沒有意義。」

「……我無法反駁。」

佐藤吸了吸鼻子。

「我這也是邏輯騷擾～～」

她又哭著將頭磕向地板。

「我才是叫他用毅力苦撐吧～～」

見她這樣，我也只能苦笑。

我輕碰她肩膀，要她別在意，沒想到她竟撲向我胸口。我嚇了一跳，但還是接住她，拍了拍她的背。

……我剛才真是大錯特錯。

來路不明的陌生人？不，這個人我再熟悉不過。

她從以前到現在都是這樣。個性單純，對人觀察入微，重點是比誰都了解弱者的心情。能夠陪伴他人，為了他人而動怒。

……對了，這樣的個性正是我所嚮往的。

「真的很抱歉，我只是在遷怒而已。最近常接到煩人的電話，害我很容易生氣。」

「煩人的電話？」

她有些氣憤地說：

「……前公司想出錢把我請回去。」

「前公司……不是任意將妳開除了嗎？」

「對啊，現在卻說他們有困難，要把我找回去。既沒道歉，又糾纏不休。氣死了……我是可以呼來喚去的寵物嗎！」

我苦笑著附和她。

聽著她的抱怨，我再度心想。

這就是她這個人的魅力所在。

——幾天後。

柳先生帶著花束來訪。

聽說後來洙田先生像變了個人似的積極向上。儘管無法立刻找到新工作，但根據柳先生的判斷，這只是時間的問題。柳先生哭著向我們道謝。

這個案子讓真．程式設計補習班在轉職業界打開知名度。

這成為了我們公司「重要活動」的助力，但也吸引了一些心術不正的人。

我日後回想起這件事。

認為這就是我們的起始點。

side - 反被怨恨

「……為什麼？為什麼會發生這種事？」

老闆辦公室中有個人影。

新老闆正抱著頭。

前幾天公布了結算報告。

收入微幅減少，利潤大幅下降。

儘管帳面上仍呈現正數，結果仍很淒慘。

新老闆向股東說明這是由於「組織改革」、「資遣費」等暫時性支出造成的，全年度的收入和利潤將大幅成長。董事會成員也接受了這個說法。

然而實際情況和他的說明天差地別。

「……連我也會犯錯？」

奧拉比系統相當於公司的心臟。若不能控制奧拉比系統，這間公司就沒有未來。

最佳解法就是將開發者佐藤愛找回來，但他們失敗了。佐藤愛似乎對公司心懷怨恨。她工作態度差勁，被開除很正常。新老闆寬宏大量，想用高薪再度聘僱她。除了怨恨外，新老闆想不到她有什麼好拒絕的。真是愚蠢至極。

第二解法是外包。成本雖高，但應該能成功才對。

新老闆先叫那四名工程師回來上班。因此在外包工程師來之前，工作效率雖然差了點，公司仍得以免於瓦解。

後來來了十名外包工程師。這幾個人差得不像話。

資料庫遭到破壞。其中一名工程師操作失誤，破壞了重要資料，導致使用該資料的部門工作完全停擺。

公司立刻向對方求償，但對方堅稱是照操作手冊做的。這一點都不合理。然而一旦開始打官司，辛苦的會是他們公司。他們必須早日讓工作恢復運轉，無暇和外包工程師爭論。對方最後答應以便宜的價格，為該部門開發替代用的系統……預估要二十億圓，開發時間最少要十個月。

「……混帳，竟敢瞧不起我。」

不可饒恕。

「……那些只會敲鍵盤的下等人一直出包，沒完沒了、沒完沒了！」

他「砰」地敲了一下桌子。

然後深深吸了口氣。

「這樣不行，別激動。要想方法解決。」

他還能冷靜地說話，但已無法正常思考。一旦開始想事情，就會不斷去想「為什麼」。

他明知現在需要想的是「怎麼辦」，卻無法放下過去發生的事。

「怎麼會搞成這樣？」

他下意識地喃喃自語。

「都是因為她，因為那個女的留下一套爛系統。」

人在經歷難以忍受的痛苦時，都會想找敵人。新老闆也不例外。

「沒錯，她肯定是怕自己的工作被搶走，才把系統設計得這麼複雜。絕對是這樣。」

本來的他不會去想這種沒意義的事。然而幾個月累積下來的心理負擔讓他疲憊不堪，失去判斷力。

「……佐藤愛。」

他已鎖定敵人。

「哼，哈哈。別以為我會輕易放過妳。」

負面情緒占據了思考。

「對了，部分工作用手動的方式也能進行。效率雖然差了點，但說不定能從中發現未曾注意過的事。」

他臉上露出醜陋的笑容，不斷喃喃自語。

「從大公司找來優秀的工程師團隊，派到那些人工作業的部門好了。成本雖然會提高，但這次事件讓我學到無能的工程師就是毒瘤。這是用以迴避風險的必要成本。」

新老闆忽略了一件事。在十名外包工程師來之前，四名員工是可以讓工作正常運轉的。雖然有些延遲，但並未發生重大問題。

然而他卻認為，有了十名工程師，就不需要那四名拋下工作的員工。

避免公司毀滅的方法有很多，但這些方法隨著時間一一消失。將員工當作數字和記號，用無意識的偏見來做判斷的新老闆，並未注意到這單純的錯誤。

「我要重整公司，擊垮佐藤愛。」

他嘴角上揚，拿起手機。

「喂？是我。現在有空嗎？」

電話另一頭是他信任的祕書。

「立刻幫我調查佐藤愛現在的職場。」

他眼中只映出勝利。

只映出超越困境的自己。

以及羞辱自己的cosplay女毀滅的模樣。

「…………」

掛斷電話後，他深深吐氣。

「……哼，哼哼，哼哈哈哈哈。」

接著嗤笑起來。

他高聲笑個不停，笑得醜陋無比。

第4話　各自的「你好，世界」

我叫佐藤啊呀！

現、現在正被人壁咚！

「妳穿這什麼廉價套裝，瞧不起人啊？」

那是個金髮碧眼的男子。

露出日本人做不出的動畫般凶狠的表情。

可是好小隻！比我還矮！

敲可愛的！所以我自然強勢了起來！

「真是的，別說這種嚇人的話嘛～～」

「什麼？別碰我，不准摸我，混帳！」

「啊～～真的好可愛喔，你幾歲啦？」

「少開玩笑了，臭女人。妳瘋了嗎？」

「對啊。」

「啥？」

——時間稍微倒轉。

「以上就是智慧型眼鏡的說明。」

智慧型眼鏡，簡稱智鏡。

這就是小健最重視的那場大型活動上會用到的「裝置」。我說明完後鬆了口氣。

開發過程相當辛苦。

開這場說明會也很辛苦。

面前的沙發上坐著三名男子。

左起分別是帥哥、青梅竹馬、陌生金髮男。

這是女性向遊戲嗎？

我心驚膽跳地介紹完這副剛做好還熱騰騰的智慧型眼鏡。眼鏡本身是其他公司做的，我只稍微改造了一下，開發出軟體而已。

「她的說明，翼和遼聽懂了嗎？」

「沒問題。」

「完全沒聽懂。」

兩人回答。

翼大人的表情很輕鬆……遼（？）先生則一臉困惑。他的名字聽起來很像日本人，但肯定是外國人。如果是化妝出來的，我再請他教我好了。

「該怎麼辦呢？」

小健苦惱地將食指抵在嘴脣上。

那模樣令我有些懷念。

我隱約記得他以前一有煩惱，就會吻自己的手指。長大後似乎改掉了這個壞習慣，不會在接待客戶時這麼做，但現在可能鬆懈了吧。

「啊，遼和佐藤是第一次見面吧？」

對，第一次。

在這間小公司待了數個月來第一次！

這個遭遇機率也太低了吧！

「他是遼，是我在里約認識的天才。」

「……哈囉。過獎了。」

超～～隨便的介紹。

里約是哪裡？國外？

「這樣正好。待會你們倆就一起跑業務吧。」

「……你是認真的嗎？」

他一臉嫌惡。

我做了什麼會被討厭的事嗎？

「好像很有趣。」

「翼專心做自己的工作就行了。」

「小氣鬼。」

「我要增加你的工作量喔。」

嗚哇，他們在打情罵俏。

不行啦你們兩個，現在還在上班！

不過最糟糕的……沒錯，是我！

「對了，還沒為佐藤辦迎新會。」

「我要吃肉。」

「我沒問翼你要什麼。佐藤，妳想吃什麼？」

「只要有哈密瓜蘇打，哪裡都行。」

小健愣住了。

咦，他不知道哈密瓜蘇打？

翼大人拍了拍小健的大腿。

「K〇NG燒肉。」

嗚哇，他在央求小健。

他想要拗一頓燒肉吃到飽，好萌。

「我吃K〇NG燒肉也行。」

「就吃那邊吧。明天晚上會不會太趕？」

聽見我表示贊成後，小健嘆了口氣提議。

「好耶。」

翼大人握拳歡呼。

這個帥哥太可愛了吧？

「遼呢？」

「健太哥認為好就好。」

遼先生真是個酷酷的金髮男。

於是迎新會確定舉行。

接著我就和遼先生一同去跑業務。我的任務是在必要時，針對智慧型眼鏡進行詳細的解說。我雖然沒經驗，但應該沒問題。我相信小愛。

出發前小健忽然對我說：

「遼的家教不太好。」

「……嗚哇。」

「妳反應好糟。我不是在說他壞話，他講話真的很難聽……但我想妳應該不會在意。」

我拍了一下他的肚子。

「幹嘛？」

「這是少女的憤怒。」

「……這樣啊。總之他講話很難聽，別太在意。他其實是個善良的人。」

「了解。但講話不中聽的人可以跑業務嗎？」

小健只回說「妳看了就知道」。

——時間回到現在。

「聽好了，臭女人！服裝會影響企業的形象！要是對方認為我們是個只給低薪的小氣公司就完蛋了，記住這點！」
「遼穿的是高級西裝嗎？」
「當然。這是健太哥在我放蕩時期送我的禮物，我很珍惜。」
他一臉開心，好可愛喔。
我好像明白小健說的話了。
「不然就假裝我是接受員工訓練的新人吧。」
「什麼？新人……？」
遼仔細打量了一下我的臉。
「我看不出來，你們亞洲人每個都長一樣。總之就是假裝妳比我年輕就行了吧？」
嗯～～……可以這麼說吧。
若他把我當成阿姨，我可真的要生氣了。
「——啊，糟糕，該出發了。」
「遲到可就糟了。」
「閉嘴。聽好，我不認可妳這個人，別給我多嘴。要是妳敢打擾我，我會好好跟妳算帳，記清楚了。」
「好啦～～」

遼看起來很不爽。

我邊走邊偷看他的側臉。

小健邀我進公司已過了兩個月。不，應該是三個月？最近我對時間的感覺很不精準。

總之，儘管已經過了一段時間，我仍對「他們」一無所知。

在程式設計的世界中，有個用語叫「你好，世界（Hello, World）」。初次執行程式時，畫面上通常都會出現這個字串。所以每當嘗試新事物時，我們也會用「你好，世界」來代稱。

這一點都不奇怪。

向新認識的人打招呼是一種禮儀。

因此工程師每次踏入某個新領域時，都會說聲「你好」。

你好，世界。

我就這樣踏入了「他們」的世界中。

＊　＊　＊

摩天大樓。

各位曾在散步中走到陌生的地方，因為手機突然沒電而感到絕望嗎？這時摩天大樓就能派上用場。這些大樓大多在車站附近，可以當作路標。

這些上百公尺的巨大建築都很有名，可謂東京的指南針，但大部分的人都不知道裡面長怎樣對吧？

呵呵，真拿你們沒辦法。

現在就由我佐藤愛來為你們介紹吧。

那麼～～！

小愛的摩天大樓遊記！要開始嘍～～！

首先穿過入口，面前空空蕩蕩。這裡大到容得下十間一般的小套房，卻只有一座孤零零的櫃台。

太驚人了。若將這片空曠的空間隔成房間，每個月少說可以賺進上百萬的房租。不過上流階級可不會做這種小家子氣的事。

寬敞的大廳！

代表他們以寬大的心胸迎接客人！

才不呢。能夠穿越大廳長驅直入的，只有事前取得許可的人。這種自以為天選之人的思想真令人傻眼。

我和遼在櫃台拿到通行證。在安全門刷過通行證後，便來到電梯前。

我們搭上電梯，按下不知是30還是40這種令人興奮的樓層後，電梯便以驚人的速度開始上升。

我往後一看，看見一望無際的藍天。已經沒人可以俯視我了。

低頭則可看見豆大的人影。我俯視著人群，不禁心想。

你們也趕緊爬到這個高度來吧。

……對、對不起，別用石頭丟我。我是個平常把錢全部花在動漫上的升斗小民，這種時候就讓我逞一下威風嘛，跪下！

咳哼。

出了電梯，來到一間辦公室。

這兒四面都是玻璃窗，感覺極為寬敞。和我那又小又沒窗戶的前職場完全相反。

四處傳來優雅的笑聲。

談的全是工作上的事。

「感謝您今天抽空見我們。」

「不用客氣，放輕鬆點。」

現身的是一位感覺位高權重的大叔。
聽到「不必拘謹」後，我們便在高級的沙發坐下。
「這張沙發真軟，是哪個牌子的呢？」
「啊～我也不知道。下次問問看好了。」
「謝謝您。」
這個人是誰？
長得跟我今天認識的遼很像，可是……嗯～？
「真令人羡慕。敝公司剛成立不久，事務所用的都是現成的家具，東西比這間會議室還少呢。」
「哈哈哈，一開始都是這樣。」
「是嗎？」
這個金髮碧眼的社交天才是誰？
「我們現在雖然是間大公司，幾年前可是很蕭條的呢。」
「下次請您務必分享創業時期的失敗經驗。」
「喔～你這年輕人真有眼光。沒錯，失敗經驗才是重點。」
簡直像一對聊起共通興趣的父子。我面帶微笑聽著他們熱絡的對話，內心浮現無數問號。這個金髮男到底是誰？

「那麼讓我們進入正題……」

他自然而然談起業務上的話題。

我腦中滿滿都是「他是誰」。

為避免疑惑顯露在臉上，只好保持微笑。

絕對不是在忍笑。

好了，該談正事了。

我們來這兒是為了推銷活動。

活動為期三天，每天人數上限為兩千人，參加費一人五萬圓。

「這次的參加費一共是兩百萬，人數上限是二十人。」

「喔～～一個人要十萬啊。挺貴的。」

「是的，畢竟我們辦的是優質的活動。」

他隨口就喊出了兩倍的價格。

我掩飾驚訝，持續保持沉默。

「說到大型活動，一般人最先想到的可能是有許多攤位的商展。敝公司的活動完全不同，首先來參加的全都是工程師，而且媒合時會使用ＡＩ。」

「喔～～ＡＩ？具體來說怎麼做？」

遼刻意不說話，而將視線投向我。大叔也跟著一同望向我。

唉，所以說輪到我出場嘍？

我們沒有任何事前討論，但就算了吧。

這就讓你們見識阿宅的即興力。

「請看，這是智慧型眼鏡。」

我隨即從包包中拿出兩副眼鏡。

……呃～～接下來該說什麼呢？

抱歉，我一點即興力都沒有，救命啊。

我向遼求救。他瞬間犀利地瞇起眼睛，而後露出完美的業務笑容說：

「屆時每位參加者都會戴上這種眼鏡。當別人進入視線範圍時，就會顯示事前輸入的資訊。」

「原來如此。所以會透過ＡＩ來篩選資料是吧？」

「您的理解力真強。請戴上眼鏡，我們將進行簡單的模擬。」

「喔～～真令人躍躍欲試。」

他是神嗎？太會接話了吧！

溝通能力好強，好厲害。不愧是業務。

「戴法和普通的眼鏡一樣嗎？」

遼，不，遼先生望向我。

我清了清喉嚨說：

「是的，和普通眼鏡一樣。戴上後電源就會自動開啟。」

「這樣啊，那我趕緊——喔、喔喔，出現文字了。哇喔，畫面比我想像的還自然。」

大叔戴上眼鏡。

他顯得像小孩一樣開心，有點萌。

「您真適合戴眼鏡。」

「哈哈哈，是嗎？」

遼看了我一眼，像是在說「別多嘴」。目光真刺人。

「我這邊也戴上。」

我戴上另一副眼鏡。

……啊，這副沒電了。

「怎麼了？」

「呃……」

我想了一下。

嗯，沒用。誠實道歉吧。

「不好意思，這副眼鏡沒電了。我充電一下，請稍等五分鐘。」

我後來被狠狠罵了一頓。

＊　＊　＊

水蚤。

我是水蚤。

我在補習班很活躍。客戶太常嫌我的Cosplay是破爛東西，所以我最近都穿套裝Cos服，但我自認接待客戶的功力是神人等級。

我太自負了。看來我應該有社交障礙。

我所知的溝通方式在業務的世界就只是廢渣，派不上用場。

回想起來，我自從大學畢業後……不，在這之前就已經每天都足不出戶，很少有機會和人聊天。這樣能成為溝通高手才怪。

我會反省的。

我是隻卑微的水蚤。

「妳要用那張臉見客戶嗎？給我笑。」

「嘿、嘿嘿，面帶笑容～～」

我在遼大人面前已無地自容。再次被他壁咚時，我甚至識趣地跪了下來。

小健說他是天才。

說得沒錯，遼大人是天才。他事前調查過這些客戶，自然地將話題引導到對方感興趣的事物上，抓住對方的心。宛如魔法。

我只有在旁邊看的份。

直到第三個案件為止我都還有說點話。

然而百分之百會搞砸。事不過三，從第四件起，我就失去了發言權。

我不會就這樣氣餒！

為了從水蚤重新變回人，我開始分析遼大人的業務談話。

首先是議價。實際上每個人只要五萬圓，但遼大人和大公司交涉時都會說「參加費要兩百萬」。

大部分的公司都不會答應。

據說當這些公司支出超過百萬時，就必須召開預算會議，多出很多麻煩。

這時遼大人就會進一步開口。

他會面有難色地說：「這是個困難的決定，但我們可以讓步至一百萬。」

為的是從對方口中釣出「ＹＥＳ」。

我，佐藤．水蛋．愛上了一課。

業務的重點就在於讓對方說出「ＹＥＳ」。對方只要答應過一次，之後就會變得很好攻略。

遼大人讓對方說出「ＹＥＳ」後就無敵了。當對方接受一百萬這個報價，他會再提出「可以免費取消」的大膽的條件，逼對方直接報名。

此後便展開業務談話。

「老實說敝公司已快要賠錢，但很想藉由第一場活動打響名號。您能不能當作是在投資我，參加這場活動呢？」

這招出奇有效！

我嚇了一跳。遼大人短短幾分鐘就能抓住對方的心，說服對方「總之投資我就行了（意譯）」，簡直是天才。而且他雖然跟對方說「公司快要賠錢」，實際上卻是以正常價格成交，大獲全勝。

另一方面和小公司協商時，遼大人則以一人十萬圓為議價起點，再慢慢降價……而且不會在一天內談完。

「降為半價五萬圓可以嗎？」

對方答應後，遼大人故意說「我回去和老闆討論一下」，先行撤退。

我們出了那間公司，遼大人喃喃自語：

「這間應該能以八萬成交。」

根本存心想壓榨人家……！

業務世界勾心鬥角。我就像初次見識社會險惡的國中生一樣。

「這是最後一間。」

「……咦？這不是一開始拜訪的地方嗎？」

眼前是熟悉的摩天大樓。

遼大人點頭說了聲「嗯」後說：

「這種大規模的公司，每個部門都像獨立的公司，有好幾次推銷的機會。記清楚了。」

「是，我記得了！」

我像個新人般，精力充沛地回答。

遼大人再度酷酷地說了聲「嗯」後，拉了拉領帶，吐著氣，以犀利的眼神瞪著那棟摩天大樓。

「走吧。」

超帥的！

大哥！我會永遠追隨你的！

＊　＊　＊

大哥的本事依舊高明。

這次的客戶是個感覺很難相處的男人，大哥仍以巧妙的言詞，讓談話順利進到展示智慧型眼鏡的環節。

「喔？真了不起。」

對方反應很好，看來最後也會有個完美的結果。我相信會成功。

男人摘下智慧型眼鏡說：

「不好意思，想問個不專業的問題……」

我全身彷彿有股電流通過。

「人多的時候要怎麼辦？」

「人多的時候？」

「嗯，沒錯。」

今天第一次有人問這個問題。

「如果視線範圍內所有人的資訊都顯示在眼鏡上，怎麼知道該看哪裡呢？」

「是的，這時ＡＩ會——」

「我知道，ＡＩ會幫忙鎖定。」

男人打斷遼大人的話，繼續問道：

「但這副眼鏡要怎麼辨認出對象？」

「……辨認對象？」

「應該是用無線電吧？人少的時候還行，當現場有一兩百人時能辦到嗎？」

真是個尖銳的問題。

遼大人聽完表情越來越僵。

「你們有測試過嗎？」

「……」

兩人沉默了一剎那。實際上可能只有數秒，但這氣氛實在令人忐忑，因此體感上有一兩分鐘那麼久。

從短短的對話中，我聽出對方是個老練的技術人員，簡單的說明無法說服他。

「關於這點……」

「行了，不知道就說不知道。」

遼大人支支吾吾起來。

男人打斷他說：

「最近很多人什麼都想靠ＡＩ解決。這不是件壞事，但你們應該再仔細研究一下吧？」

「……是的，很抱歉。」

這句話等於是敗戰宣言。

遼大人握緊拳頭，硬擠出的笑容顯露悔恨。另一方面，男人的表情看來則失去了興趣。

我想要開口，屏著氣咬緊下唇。

今天在這之前，我有三次開口的機會，三次都失敗。每次都是遼大人幫我解圍，我給他添了很多麻煩。

這次換我替他說話了。

這行為很帥，但做起來很困難。做得不好的話有可能只是火上澆油而已。

我很怕會那樣。

我害怕失敗，想必任何人都一樣。

我「啪」地拍了一下自己的臉。

這是我用以轉換心情的習慣。

也是面對挑戰前的小儀式。

「有模擬軟體。」

這是我頭一次開口。

兩人立刻看向我。

「接下來就由我來說明。」

已經不能回頭了。

我來到自己不知道的世界。

在程式設計的世界，犯錯很正常；這裡不一樣，每句話都要一次定勝負，若收回自己的發言就會失去信用。

我沒有勝算。

可是……我也沒有狡猾到會在這時一聲不吭。

「我這就啟動。有點危險，請閉上眼睛。」

男人愣住了。

「那個，真的很危險，請閉上眼睛。」

「……啊，好。閉眼睛就行了吧？」

男人閉上眼。

我見他照做後，透過手機專用的ＡＰＰ控制他的智慧型眼鏡。

「好了，請睜開眼睛。」

「……這是……」

男人一臉好奇。

旁邊有雙藍眸不安地盯著我。

我的心臟怦怦直跳，開始說明。

「容我說明一下，畫面上飛來飛去的綠線就是從感測器傳出的電波。變紅代表撞到其他電波，發生錯誤。如您所見，到處都是紅線。」

「是是，原來如此。抱歉想問個不相關的問題，這是用什麼軟體做的？」

什麼軟體……這個嘛……

「不好意思，還沒取名。因為是拿來做模擬的，叫它模擬君好嗎？」

「模擬君……咦，這是貴公司自己開發的嗎？」

「是的。我想模擬多人同時使用智慧型眼鏡的狀況，索性就自己做了。」

「這是妳做的？」

「是的。」

男人再度愣住。

……我說錯什麼了嗎？……啊，也對。這是無名的軟體，應該向對方說明可靠性。怎麼辦，我沒準備資料。呃……

「……眼鏡一次處理這麼多資料，不會過熱嗎？」

「啊，資料會由伺服器運算。眼鏡只需要接收並顯示畫面。」

「原來如此，但還滿安靜的。」

……這樣應該過關了吧？

「所以妳透過模擬，知道用感測器行不通。下一步呢？」

「是，我參考了手機，想出替代方案。」

「手機？」

我以極快的語速繼續說明。

「即使帶著手機移動還是可以講電話。因為各地都有基地台，手機會自動連到最近的基地台。」

「啊～～有道理，所以你們準備了管理用的基地台？」

「不太一樣。若是一般的基地台，就無法確定各用戶的位置。」

「喔？」

我吸了口氣。

「我們會將每副眼鏡都當作一個小基地台，取得和其他眼鏡的相對位置。再將所有資料匯集到一台伺服器中，確定個別位置。」

「我懂了。你們不用絕對座標，而用相對座標來定位。那麼最重要的位置資訊要如何取得呢？」

接下來是一連串的術語轟炸。

我吃了好幾次螺絲，忘我地說明。

對方提了許多犀利的問題。後來難以用口頭說明，我便拿紙筆畫了些簡單的圖和算式。我們討論得越來越熱絡，過了預定的時間，他仍不斷提問。

我沒時間想別的，一心一意向對方說明。最後——

「…………」

男人有些疲憊，深深靠到沙發上，視線盯著上方。

我彷彿俎上之肉，忐忑地等候他下一句話。

「妳叫什麼名字？」

「敝姓佐藤，佐藤愛。」

男人隨即坐正，露出開朗的表情。

「活動上也能聽到妳的分享嗎？」

「呃……是的，我也會參加。」

「這樣啊。」

他沉默了一會兒。

心跳聲吵得讓人受不了。

「參加費是兩百萬嗎？」

「是的……呃，可以便宜一些。」

「不，不用了。」

男人拒絕降價提議，將大手伸向我。

「這價錢很划算，請務必讓我參加。」

＊　＊　＊

我們打完招呼，走出會議室。接著搭電梯回到一樓，歸還通行證。

過程中默不作聲。

我整個人放空。

我明白商談的結果。

好像成功了。

然而我不知道自己說了什麼、為什麼會成功，也不知道現在是什麼狀況。

只愣愣地追在小個子同事的後頭。

他的步伐好像比來這裡之前更小了。我看著那落寞的背影，覺得之前那副藍眸熠熠生輝，聲音低沉凶狠的模樣像假的一樣。

我稍微加快腳步，來到他身旁。

他直視前方，瞥了我一眼後，喃喃說道：

「我有點明白健太哥的夢想了。」

「小健的夢想？」

沒想到他竟然對我咂嘴，散發出「別向我搭話」的氛圍。

我嘆了口氣。事已至此，已經不會不舒服，只是覺得有點可惜。就在我這麼想之後。

「……謝謝。」

我基於慣性往前多走了三步。

然後停下腳步。他沒有停。

我——跑向他。

「唉唷，唉唷？唉唷唉唷？」

我從放空狀態回神了！

什麼憂愁感傷，全都沒了！

「你是不是說了什麼？有吧？有說吧？來，再說一次，再說一次嘛！」

「煩死了，臭女人！別衝到我面前！」

我來到他正前方，以倒退姿勢左右來回跳躍。左跳跳，右跳跳，求他再來一段安可。

「再一次！快，再一次！」

遼大人氣得臉頰抽動。

「來，再說一次嘛！再一次！」

我不斷刺激他。

下個瞬間，他睜大眼睛抓住我的手臂。接著以一股比我想像中更強的力量將我往後拉。

我確實猜到他可能會稍微反擊，但沒想到這麼激烈，我不禁表情一沉。

他鬆開手，一臉無趣地說：

「妳是小孩子嗎？」

那聲音聽起來鬆了口氣。我正覺得奇怪時，一輛卡車駛過他身後。

「……抱歉，謝謝你。」

我為自己玩笑開過頭而道歉，也為他幫了我而道謝。

我們四目相對。周圍的樹木隨風搖晃。

這段靜默的時間有點長。

他用一句難聽話打破了沉默。

「我認為工程師都是垃圾。」

好直接，連我聽了都很生氣。

但我沒有插嘴，靜靜等待他下一句話。

「現在回頭來看，待在里約的日子每天都像在跑業務。東奔西跑蒐集情報和物資，討好掌權的人。一旦鬆懈，東西就會被搶；相反地，找到機會也會把別人的東西搶過來。」

他頓了頓後說：

「做不到的人就只能等死。」

那句話冰冷到令我寒毛直豎。我相信他說的就是字面上的意思，並非譬喻也非誇飾。那是我所不知道的世界遵循的規則。

「我覺得很奇怪，為什麼那些沒有溝通能力的工程師還活得下去……認識健太哥後，我才真正成為一個人。我打從心底尊敬他，想幫他實現夢想。然而我實在無法理解。」

他語氣平淡。在旁人看來，我們應該就像在正常聊天。但他的一字一句都傳達出強烈的情緒。

我只能感受到情緒，無法真正理解。

明明用的是同樣的語言，背後蘊含的東西卻完全不同。

「今天我明白了。我們用的是不同語言，不可能互相理解。」

他舉起雙手，做出投降的姿勢。

「…………」

接著再度直視我。

我也回望著他，沒有別開目光。

最後他什麼都沒說，就把視線移開。

就這麼往前走、往前走、往前走——

「等、等、等一下，你說完了嗎？」

我忍不住吐槽。

這種腰斬方式比《劍聖大和》還誇張。我如鯁在喉，沒辦法接受話題斷在這裡！

「然後呢？沒有了嗎？太過分了吧！」

「吵死了，閉嘴。我不需要妳了。回辦公室用妳的電腦吧。」

「氣死我了——！連我這個佛心小愛都想要助跑揍你了！你嘴巴實在太壞了！」

我爆發了。

他一臉不耐煩。

啊～～氣死人！虧我忍了那麼久！

我要打你肚子！看招！看招！

「………了。」

「什麼？你說什麼？」

他忽然抓住我的肩膀。

我驚訝得閉上嘴。

金色的瀏海，藍眸，白皮膚。

那個粗魯又自大的小個子青年抬頭看著我說：

「已經刻在靈魂上，所以不需要妳了。」

……？

「給我做好自己的工作。」

呃，意思是……？

「別搞錯了，我沒有認可妳，只是將妳在我心中的地位，從垃圾提升到會用電腦的傢伙而已。」

我再度呆愣地停下腳步。

他移開視線，準備回公司。

我想了想他到底是什麼意思。

我可以感覺得出他是個傲嬌。

在此前提下，動用小愛所有阿宅之力，擅自解讀他的話……

——已經刻在靈魂上。

妳的話我已經記在心上，絕對不會忘記。

——所以不需要妳了。

此後我跑業務不需要妳的協助，一個人也能應付。

——給我做好自己的工作。

去做那些只有妳能做的工作吧。

——別搞錯了。

我喜歡妳。

翻譯完成！討厭啦，這個傲嬌！有夠麻煩！

我跑了起來！追上他，在他耳邊大叫！

「你這個人好麻煩～～～～！」

「少囉嗦！開什麼玩笑，妳瘋了嗎？」

「你沒資格說我！」

「啊？」

我們吵吵鬧鬧走在路上。

──遼的家教不太好。

──但他其實很善良。

遼活在我所不知道的世界。

我也活在遼不知道的世界。

我們各自朝對方的世界踏進了一步。

所以我也用有點難聽的話和他打招呼。入境隨俗是一種禮貌。

「好！來比誰先跑到事務所！」

「無聊，閉嘴慢慢走啦。」

「哼哼，你怕輸給我嗎？」

「誰怕誰，這就讓妳見識誰是老大。」

「好吧，那我不玩了。」

「啥啊？」
這次換我走在遼前面，緩步而行。
身後傳來大聲嘆息，接著突然發笑。
「有趣的女人。」
我噗哧一笑。
「欸，你是故意要引起我注意吧？從剛剛起都是故意的吧？」
他不理我。我不氣餒，繼續刺激他，直到抵達事務所為止。
你好，世界。我向新世界的朋友打了聲招呼。

＊　＊　＊

「——那麼，請用這邊的平板點餐。」
K〇NG！
除了店鋪位置不佳外，可說是最強的吃到飽燒肉店。
料理的種類、品質都很棒，簡直是最棒的樂園。
「來吧，佐藤先點。」

「嗯，謝謝。」

我從小健手中接過平板，先點了杯哈密瓜蘇打，再點肉和沙拉……

「隔関感好重。」

「隔関？」

「你們三個幹嘛都坐那邊？不擠嗎？」

這是四人的榻榻米座位。一側只有我一個人，另一側則有三名成年男子。

小健聽完微微一笑。

「因為今天妳是主角啊。」

「我是很開心沒錯……不過遼小小隻的，應該沒差。」

「閉嘴，瘋女人。小心我讓妳變矮。」

「好啦好啦，多吃點才會長大。」

各位看出來了嗎？

他對我的稱呼從臭女人升級為瘋女人了。希望他有一天會叫我小愛。

「嗯，我好了。下一位。」

我將平板遞給遼。

他瞪著我，但老實地接過平板。

「你們感情變好了呢。」

「請不要開玩笑，我要請特休嘍。」

「你儘管請沒關係啊。」

嗯嗯，我食慾大開。

好幸福喔。因為翼大人死盯著平板興奮躁動。超可愛的。

「啊，對了，我現在才知道你們三個都不喝酒。」

我忽然想起便這麼說。這裡也有含酒精的喝到飽方案，但沒有人選。

「好奇妙喔。四個大人聚在一起卻沒人喝酒，感覺好特別。」

「喝酒超划不來的。別把健太哥和一般的嘍囉相提並論。」

「遼，謝謝你稱讚我，但用不著貶低別人。」

「……是，對不起。」

這傢伙只會在小健面前坦率。

工作時也判若兩人，是個有禮貌的好青年。

……咦，難道他只對我一個人這麼冷淡？

我傷心地望向翼大人。

他一直盯著平板，好可愛。我被療癒了。

「哎，不過啊，畢竟我很少有機會喝酒，而且自從看到喝酒會傷害腦部的研究，就盡量不喝了。」

「咦，好可怕。」

「很可怕吧？我在電視上看到酒精中毒者也覺得毛骨悚然。」

我以前都不知道。還是哈密瓜蘇打最好了……

我在心中向綠色惡魔宣誓效忠時，遼點好餐，將平板遞給小健。

「謝謝，我先點飲料就好。翼要喝什麼？」

「肉。」

「水喔？」

咦，水？他不是說肉嗎？

「吃的呢？」

「平板給我。」

「不行，你都會點太多。」

「……」

翼大人不悅地嘟起嘴。

嗚哇……我要點特大碗的白飯來配。

好不容易點完餐。
幾分鐘後，所有人的飲料都上齊了就先乾杯。我小口喝起綠色的氣泡飲。
「嗯～～！還是甜到爆的飲料最棒了！」
翼大人噗哧笑了出來。
唔，怎麼了？有什麼好笑的嗎？
我連忙望向他，他露出令人心動的笑容解釋道：
「佐藤小姐好喜歡糖。」
笑點也太低！這個帥哥是怎麼回事，太可愛了啦！
「呃，翼……先生也是業務嗎？」
好險，差點講成翼大人。
「嗯，我是業務。」
翼大人笑著回答我。
我看了看那軟萌的表情後說：
「……好難想像。」
「啊～～我懂，翼工作中和私底下差很多。」
咦，差很多嗎？難道他工作中也像遼那樣正經八百嗎？是嗎？那也太……也太……也

太……也太棒了吧～～～～～！

「佐藤，吃慢一點。」

「辦不到！」

「哎呀——翼，不要跟她比快。」

在我吵吵鬧鬧時，遼默默烤著肉。他好像有自己的堅持，一次只烤一片。然後優雅地吃起來，好像很好吃的樣子。

「嘿咻。」

「喔，謝啦。」

他竟然沒生氣！

我半開玩笑將其他肉夾到他盤子上，他竟然跟我道謝！我不能接受！

「……」

唔哇，翼大人露出沮喪的眼神……啊，剛才那塊肉是他烤的嗎？對、對不起，我烤的牛五花給你，原諒我嘛。

「謝謝。」

唔哇，那笑容好耀眼。

「回禮。」

他送我高麗菜！我不要！

「對了，佐藤，我最初見到妳時，妳好像喝哈密瓜蘇打喝到醉了，對吧？」

「最初……？」

我在記憶中搜索。

想起來了，是我在家庭餐廳大鬧的時候。

「討厭～～我沒醉啦。喝哈密瓜蘇打怎麼可能醉啊？太怪了吧。」

「……這樣啊。」

他好像有什麼話想說，但我不在意。

於是，以我的迎新會為名的燒肉吃到飽行程，就這樣持續下去。

迎新會上沒有特殊的活動，就只是吃東西而已。

填飽肚子後，我開始思考這三個人的事。

翼大人很可愛。

遼是傲嬌。

而小健是我的青梅竹馬。愛哭這點依然沒變，但現在和以前給人的感覺差很多。他不像會創業的人。我一直找不到機會問他，改天一定要問一下。不，現在就問。

「小健。」

正在吃肉的小健抬起視線。

我想了一下後，決定直截了當地問他。

「小健怎麼會想創業？」

「嗯～～一言難盡。」

小健用手遮著嘴回道。

接著他放下筷子，含了口水，有些為難地說：

「下次找個安靜的地方聊聊吧。」

「……嗯，也是。」

他說得有道理。其他客人的聲音大得像在慘叫，在這裡的確不適合聊這麼正經的事。

……我好在意。

而後直到用餐時限結束前，我時而欣賞三人的吃相，時而捉弄一下遼。

真是一段愉快的時光。

所以我更加在意那件事。

……超級在意。

理由很簡單。

因為他創業的動機一定只有我不知道。這讓我有種被排擠的感覺，有點寂寞。

好，我決定了。

回去的路上我就要問他，絕對不會讓他逃了。

這次絕對不會讓你逃掉的！接招吧，鈴木！

side－最後的分歧點

「問卷結果顯示，公司內部的滿意度正在提升。」

祕書以戰戰兢兢的口氣報告道。

「大部分的員工都說和以前相比，更能感受到工作的意義。」

她說了聲：「然而——」

「工作效率和改革前相比降低許多。管理職的負擔尤為沉重……一些報告顯示出現狀不盡完美之處。」

祕書用「不盡完美」含糊帶過。

不過新老闆明白背後的含意。

「那些大多是因系統問題而受影響的部門，對吧？」

「……是的。」

「沒必要這麼嚴肅，如實報告就行了。」

新老闆露出笑容說道：

「若按照正常方式進行會計處理，下次結算會怎麼樣？」

「……將創下創業以來最高赤字。」

「如果以報告為準呢？」

「那麼就會得到計畫上的數字。」

計畫上的數字，亦即如同新老闆向股東保證的那樣，得到大幅增長的收入和利潤。

「如果硬要呈現與計畫相符的數字，我們的現金可以撐幾年？」

「老闆，這恐怕……」

「我只是問問而已。要是一下子算不出來，告訴我赤字額也行，我自己來算。」

祕書屏住氣息。

「最多四年，快的話兩年就會無力償債。」

「嗯，兩年啊。」

從新老闆的表情和聲音很難解讀出他在想什麼，因此祕書只能自行推測。

剩下兩年。

現在公司有兩成的工作完全停滯。原因在於原本掌管所有工作的系統失去控制。

新老闆已放棄修復系統。

身為一名經營者，這樣的判斷很合理。該系統只能由某個人來管理，過去依賴那個系統的做法是錯的。因此新老闆寧願承受損失，也要改善這點。
問題出在員工身上。失控的兩成工作轉為手動，但管理監督的人手不足。為避免加班，各項檢查必然會變得寬鬆。欺騙忙碌的人比欺騙機器容易多了。
侵占，竄改，粉飾太平。
公司逐漸失去秩序。
這時老闆只有兩種選擇。
一一解決問題，或者逃跑。
無論選什麼，期限都是兩年。
如果選了後者，就要將責任推卸給繼任者。那麼——就有必要竄改數字。
是要幫這艘正在下沉的船補破洞？
還是要把它推給不知情的人？
新老闆正感到苦惱時，祕書做出了判斷。然而她完全誤會了。
新老闆聽到「兩年」這個數字後，立即轉換想法。兩年內解決公司的問題輕而易舉。最糟的情況下，只要將失序的部門解散就行了。縱使收入和利潤會大幅減少，結算時仍可用自己的現金讓損益達到平衡。這只是一種投資，隨時可以回收。
——不過這就代表他要拋棄公司。

「好吧，我明天就會給出結論。」

「明天嗎？」

「對，明天。」

新老闆笑容不減。

在祕書看來相當詭異。

「再來，關於佐藤愛調查得如何？」

祕書感到不解。

她不明白老闆的用意。現在比起調查佐藤愛，更重要的應該是想辦法解決公司的危機。只要將佐藤愛找回來，這場混亂就會平息。然而公司與她談判失敗。老闆要祕書調查她現在的職場與動向……難道老闆心中有什麼好點子，可以將她找回來嗎？

例如收購她現在的公司。

這做法雖然有些極端，但並非不可能。

祕書再看了一眼老闆的表情。

他看起來既平靜又從容。這讓祕書相信他肯定有什麼妙計。

「是，我現在就向您報告。」

祕書露出笑容。

心想這位老闆果然值得信賴。

遺憾的是，新老闆心中完全沒有祕書想像的那些點子。

他心中只有怨恨，只想著要復仇而已。

「……嗯，他們要辦大型活動？」

「是的，他們正在向各公司推銷，每間公司的參加費約為一百萬。」

「這樣啊。」

新老闆的笑容逐漸變得醜陋。

「既然是大型活動，成本應該很高吧？」

「是的。具體數值雖然不明，但若以毛利率五成計算，成本應該超過一億圓。」

「一億啊。對我們來說是小錢，對他們來說應該是筆大數目吧。」

祕書恍然大悟。

「原來是這麼回事。」

祕書認為老闆打算出資協助他們舉辦活動。這樣就能請佐藤愛修復系統，訓練員工作為回報。若強行收購，可能招來敵對風險；若採取協助立場，雙方比較有可能建立良好關係。

「沒錯，就是這麼回事。」

新老闆對面露笑容的祕書說：

「活動泡湯的話，佐藤愛想必會大受打擊。」

「……什麼？」

祕書沒想到老闆會說這種話，不禁睜大眼睛。

「如果知道這一切都是自己害的，她一定會更傷心吧。」

「……那個……您不是要協助他們嗎？」

「協助？哈哈哈，這笑話真好笑。」

新老闆打從心底開心嗤笑。

「誰叫她竟敢瞧不起我，我當然要她賠罪。」

「恕我直言，這樣也太……」

祕書連忙屏住呼吸。

要是她真的說出「這樣也太愚蠢」，會有什麼下場？一想到此，她就無法繼續說下去。

「也太什麼？妳說啊。」

「……這個嘛……」

她緊張到聲音沙啞，急促的呼吸聲搖晃著空氣。

祕書的視線不斷游移，最後回到新老闆身上，差點叫出聲來。那副笑嘻嘻的表情實在太過恐怖。

「……這樣佐藤愛也太可憐了。」

「哈哈，怎麼聽起來好像是我在欺負人啊？」

「……不，那個，哈哈哈。」

——這就是最後的分歧點。

新老闆選擇與佐藤愛為敵。

最終話　前往夢想的另一端

「我討厭他們。」

這是年幼時的回憶。

當時我正和佐藤一起看動畫。

「怎麼會！薩比戰隊明明就超帥的！」

「就是討厭，他們是壞人。」

佐藤將戰隊英雄說成是壞人。

「他們為什麼不聽畢勒講話？」

畢勒是動畫中的反派。

「英雄太卑鄙了。」

「不對啦！畢勒才是壞人！他給大家添了很多麻煩！」

我無法理解佐藤在想什麼。

「還不是英雄害的。」

所以這件事令我印象深刻。

「要是他們可以好好談一談，一起想辦法，向對方道歉的話，一定能變成好朋友。可是英雄總是很暴力。」

長大後我才明白。

「……世上才沒有壞人呢。」

佐藤說的是理想的世界。

「小愛好奇怪！剛剛明明說薩比戰隊是壞人！」

「吵死了！我才沒說！笨蛋笨蛋～～！」

「說別人是笨蛋，妳才是笨蛋！」

世上有壞人，有無論如何都無法溝通的人。

所有人都在對抗壞人，因此人們都喜歡打倒壞人的故事。

任誰都在追求勝利，任誰都享受勝利的滋味。

然而千萬別忘記，消滅壞人的人，也是壞人。

而壞人終有一天會被打倒。

＊　＊　＊

鈴木健太的父母都是工程師。他們是當時少數懂電腦的人才，參與過一些重要系統的設計開發，影響延續至今。

他父母總是在聊工作，因此他自然對父母的工作產生了興趣。不過他無法篤定地說「我將來就是要成為我爸媽那樣的工程師」。

他總是拿到第二名。

運動贏不過身材高大的同學，念書也贏不過住在附近的女孩——佐藤愛。

即使上了國中、上了高中也一樣。就算年紀增長、換了個環境，還是有比自己厲害的人，怎樣都無法拿第一。

爸媽是最頂尖的。總是拿第二的我無法和他們一樣。

他並未意識到自己這麼想，但內心某部分已經放棄了。

不過他還是很拚命。即使知道自己不會拿第一，也絕不會偷懶。

因此輸給別人時他會更不甘心。他總是靠哭泣來發洩情緒。

男生哭很丟臉。男同學總會說著「嗚哇～～」嘲笑他，女同學則會「噗哧」笑出來。佐藤愛則是說著「——來啊！再哭啊！」繼續刺激他。看到他可憐兮兮的樣子，大家最後都會說「小愛，別再欺負他了」。當沒有人再嘲笑鈴木時，佐藤就會老實地向他道歉。接著班上便瀰漫著尷尬的氣氛開始上課。然後就會有個人忍不住笑出來，使老師感到不解。

佐藤周圍總是充滿笑容。但說她是「太陽般的存在」又有點不太對。

她只是個弱弱的壞人，沒有那麼高尚。收拾掉她之後大家都會露出笑容。這裡說的大家也包含她自己。

那肯定是不切實際的妄想。他的人格是在理想世界中形成的。

輸是理所當然。因此就算輸得再慘，他也不會低頭。

他知道理想的世界。因此就算離目標再遙遠，他也不會止步。

他異於常人。一般人輸了之後應該會感到懊悔和厭倦，發現理想太遙遠便會放棄。

因此當他——發現自己持續追趕的背影消失時，便迷失自我。他在黑暗中尋找出口，經歷過一段不斷撞牆的時期後，再度遇見她。

「——那麼，該從何說起呢？」

這裡是公園，有東京少見的滑梯、鞦韆和單槓等遊樂器材。

公園裡有兩道人影。鈴木和佐藤站在看不見星星的明亮夜空下。

其他兩人已經先回家了。公園四周雖有住宅，但離車站很遠，因此路上都沒人。

「佐藤想先聽哪部分？」

鈴木的聲音小到像在自言自語。不過公園安靜到連這麼小的聲音都能傳進愛的耳裡。

「……」

視線交會。

鈴木看著佐藤的眼睛，有些緊張。

他心想，佐藤看起來總是像在胡鬧，實際上卻像ＡＩ一樣思考著下一步。她可以深入思考那些鈴木從未想過的事。

現在她腦中浮現出怎樣的話語？從表情很難看出來。她看起來既像在煩惱什麼，又好像很放鬆。

鈴木輕咬嘴脣，等待她的第一句話。

「……抱歉。」

「咦？」

他不禁反問，完全沒想到對方會這麼說。

佐藤抱著肩膀長長地吁了口氣。接著有點難為情地說：

「這裡有點冷，我們可以去網咖嗎？」

鈴木仰望天空。該怎麼說呢，這個人……

「嗯，好啊。」

真的很隨心所欲呢——他這麼想。

＊　＊　＊

——世上才沒有壞人呢。

二十年前，她看著戰隊英雄這麼說。

「好～～！上吧！給他致命一擊～～！」

如今她傾全力為魔法少女加油。

這裡是網咖的兩人包廂。正常來說這應該是個讓人心跳加速的狀況，但我腦中只有「吵死了」三個字。

「嗚哈～～超好看的～～」

佐藤心滿意足。她笑容滿面對著螢幕拍手，完全看不出和我同歲。她有著孩子般閃亮的雙眸，以及令人安心的笑容。化上年輕一點的妝容，說不定還能自稱是高中生。

「嗯～～？你在看什麼？」

我們四目相對。動畫不知何時已經播完。這時我才發現自己一直看著她，還為此嚇了一跳。

……我得找藉口掩飾過去……掩飾什麼？

我說不出話。正當我為這無以名狀的情感感到困惑時，她像是注意到什麼，開口說：
「啊……如何？沒那麼緊張了吧？」
這口氣莫名有股上對下的感覺。我都快忘了原本的目的，看來她打算主張看動畫是為了緩解我的緊張。
「妳這個人，真的是……」
「怎樣啦～～」
「不，沒事。」
「你說啊，這樣我很在意耶。」
她不斷用手肘推我。我忽然感到很懷念，忍不住笑了出來。
「你笑什麼？」
「我想起妳以前常常把我弄哭。」
「咦～～？我是在安慰你吧。」
「才沒有。」
我一口否認。
佐藤生起氣來，洩憤似的將螢幕關掉。
「小健變得好跩。」

「佐藤妳和以前一樣。」

「就是這點。幹嘛叫我佐藤，叫小愛啦。」

「不要，這樣顯得好幼稚。」

「啊哈～～！你在害羞喔？」

佐藤宛如發現新玩具的孩子，將手肘放在我肩上，開始纏著我不放。

「孤男寡女擠在包廂裡，你肯定在想『呼呼，她怎麼這麼香』，對吧？」

「我才沒有。」

我真的完全沒這麼想。但這麼說她可能又要不開心了，所以我只能曖昧地笑了笑。

「你其實在害羞吧？」

「我才沒有。」

「沒有才怪～～」

我開始覺得有點煩了。

我想到一個好點子，望向佐藤。

這是個容易心跳加速的距離。我凝視著她的眼睛，還以顏色。

「小愛，妳變漂亮了。」

她面露驚訝，我見狀笑了出來。

「喂，這不是真心話吧？」

「是真心話啊。」

「那你不要笑啊！」

她別開眼神，拍了拍我的背。

「你現在也長得還可以啦！」

「謝謝，還可以是嗎？」

「所以說，長得還可以的小健為什麼要創業呢？」

「妳問得好突然。」

佐藤停止攻擊。

「行了，快點說一說吧。」

「好啦好啦，我說就是了。」

我稍微清了清喉嚨。

「最初的動機，是因為我尊敬的人過世了。」

「抱歉，太沉重了。你按照順序慢慢講。」

「妳要求太多了吧？」

「才不多。」

明明就很多。我忍住這句話，想了一下。

「對不起，我想不到。」

「……對方是個怎樣的人？」

「他是個優秀的工程師，真的非常優秀。」

他和總是拿第二的我不同，是個一等一的人才。

他比誰都優秀，又比誰都努力，留下的成果比誰都豐碩。他是那種應該在歷史上留名的天才。

然而，他卻突然死於過勞。我無法相信他死了，內心彷彿失去了什麼東西，再也找不回來。

他的葬禮很冷清。

只有我、家人和幾名同事參加。

「真不可思議。人越拚命，就越孤獨。」

我喃喃自語。

「剛才看的那部動畫主角越是拚命，就越受到支持。但現實不一樣。越是拚命就和別人越不一樣，越來越孤獨。」

我覺得這沒道理。我在心中大喊，太沒道理了吧。

他有一個夢想。出身自貧窮家庭的他，想創造一個平等的世界，讓所有人可以不再在意貧富差距，讓往後出生的孩子們有公平選擇的機會。

這夢想真遠大。但我相信他一定能實現，他就是讓人這麼覺得。

他不是個該靜靜死去的人。這麼偉大的人，全世界都該哀悼他的死才對。

我有一年的時間胸口像是破了個大洞。一年後，我眼中的世界完全變樣。

我發現一件事。

他並不特別。

「到處都有厲害的人，他們都獨自奮鬥著。」

我很害怕。

每當看見才能出眾的人，我都害怕再次失去。

「都在犯同樣的錯。」

我的決心強烈到心魂顫動。

「所以我……我要改變世界。」

我下定決心，不要再重蹈覆轍。

「不過我還是常常失敗。」

我望向佐藤，尷尬地笑了笑。直到剛剛都還在大呼小叫的她，卻沒有露出笑容。我微微低下頭，回想過去的失敗經驗。

我當初一心想幫助別人，就算他們毫無經驗也沒關係。我想對那些因碰壁而無法前進的人伸出援手。

我指導了幾個認識的人。

卻有種熱臉貼冷屁股的感覺，深感絕望。

那個說想學寫程式的人對我說：

「我不需要學那麼深啦。」

那個說想學當業務的人對我說：

「我只要達成業績目標就好，教我一些技巧吧。」

我慢慢意識到。

世上有願意努力的人，也有不願努力的人。

我想幫助的是前者。

願意努力的人通常會主動開始做某件事，不會靠別人。

所以我規定真．程式設計補習班不收無經驗者。

我能夠使用的資源有限，用在沒價值的人身上太浪費了。

當時的我一定很焦躁。

原本我眼中只有比我優秀的人，這是我第一次關注那些比我差的人。他們的世界實在……實在太令人絕望。

「我幾乎感到萬念俱灰。原以為是最好的作法，實際上完全行不通。檢討原因後想出更好的點子，也行不通。就這樣不斷重複，覺得好不甘心……但我仍無法放棄。老實說我已經束手無策了。」

這時我再度遇見了她——佐藤愛。

「…………」

我將話語吞回肚子裡。

遇見妳真是太好了——要說出這句真心話實在太難為情。

佐藤徹底破壞了我內心的常識。

第一次接待客戶時。

老實說我真的以為要搞砸了。

我旁邊坐了個Cosplay成魔法少女的女子，我還得在這種情況下指導一名男性上班族。真是前所未有地荒謬。

他第一眼見到佐藤便露出「啊～我好像來錯地方」的表情。那副表情我一輩子都不會忘記。

不過免費體驗還是在良好的氣氛下結束了，真的很走運。因此當佐藤不斷干涉客戶隱私時，我的心跳差點停止。我絕望地想，好不容易到手的運氣又要溜走了。

結果卻出奇地好。

他留下好評，後來還填了課程報名表。我簡直不敢相信。

儘管他批評佐藤那身Cosplay服是破爛東西，言詞卻讓人感到溫暖，就像父親期待兒子會有更好的表現一樣。

另一個讓我印象深刻的，是那位自稱討厭男性的女子。

佐藤穿著彷彿男公關的Cosplay服，突然叫人家「小貓咪」。我心想這次一定會被客訴，腦中已想好無數道歉的話語。

不過這次結果依然出奇地好。

她對佐藤敞開心房，每次來上課時都會分享新職場的趣事。

她在評論上也說佐藤的Cosplay服是破爛東西，但內容充滿了我不知道的專業用語。

最讓我印象深刻的，還是洙田裕也先生。

我一見到他，就覺得他不中用。他就是那種「不願努力的人」。

然而她——只花幾個小時，就改變了他。

體察他人的心，是我最重視的一件事。

我以為自己在接待客戶時有考慮對方的心情。但見到佐藤的做法後，我才意識到自己一直困在死板的常識中。我在經歷過那麼多次失敗後，開始下意識選擇最保險的做法。

這些全被她打破了。

她不斷破壞我認定的常識。

她將我下意識放棄的理想世界與夢想付諸實行。

我從她身上獲得了勇氣。原來我的夢想並非妄想，我開始樂觀地想，原來之前只是搞錯方法而已，我的夢想一定能實現。

「……遇見妳真是太好了。」

不只是她。

遼和翼也努力到令我不敢置信。

我真的很幸運。

這是超出我能力範圍的理想。如果只有我一個人，可能連起點都到不了。

我打從心底感謝他們。

……趁此機會說出口吧。

「佐藤……？」

我望向她。她正露出深不可測的表情。

正當我感到疑惑時，她回過神來，別開目光。

「……笨蛋。」

幹嘛罵我？

「……區區小健，也敢這麼跩。」

我完全不懂她在說什麼。她從以前就是個不可思議的人。

當時我好像都會回她「說別人是笨蛋，妳才是笨蛋」，之後我們就會開始吵架，但佐藤會突然失去興趣，跑去做別的事。我雖感煩躁，仍會陪著她……啊，真的好懷念。

不過我現在長大了些，已習慣她那無厘頭的反應。所以我坦蕩地說出心裡的話。

「小愛，謝謝妳平時的照顧。」

佐藤仍不看我。

她將頭撇向一邊後，趴在桌上。

她現在到底是什麼表情呢？

好想知道，但若偷看肯定會被她揍，所以我只好作罷。

＊　＊　＊

我叫佐藤愛，今年二十八歲！
我昨天被青梅竹馬撩了！
嗯啊～～！嗯啊啊啊～～！嗯啊嗯啊啊～～！
他是怎樣！他是怎樣啦討厭！
說什麼「……遇見妳真是太好了」！
嗚哇～～羞死人了！虧他說得出口！嗚呀～～！哇哇～～！哇～～！
說起來——！
我明明就只是在問他為什麼會創業——！
說想賺錢就好了嘛～～！
「哼，像我這樣的『人才』，可不會甘於被人僱用。」這樣說就好了嘛～～！
嗯啊～～！那什麼理由～～～！哇啊啊～～！太認真了！太認真了啦！認真魔人！
「……區區小健。」
我盯著天花板喃喃自語。而後撐不到十秒，又開始吵吵鬧鬧。就這樣一直重複。
——結果我一整晚都在床上滾來滾去。

事務所內。

依舊簡樸的房間角落，有一隻熊。

熊……？是，沒錯，就是我！

前陣子我盡量克制自己不要Cosplay。

為什麼？因為我的服裝被人說是破爛東西。

青梅竹馬開了這間公司，真的才剛起步。要是害這間公司變得惡名昭彰，我可承擔不起。所以我這陣子扮演過好幾個穿套裝的角色。

不過終於結束了！不用再克制了！我不管了～～！

「啊？妳幹嘛？那是睡衣嗎？」

第一個到公司的是遼！真難得！

平常我應該會回他：「嗨，今天不用跑業務嗎？」但是今天不一樣，我只說了聲「吼吼吼」威嚇他。吼吼吼。

「……不用浪費時間去想瘋女人的事。」

「熊手刀！」

砰。

「妳很閒嗎？」

「……吼吼吼。」

我才不鬧！我在警戒！

我將視線從遼身上移開，緊盯門口。

好～來吧，鈴木！來吧，鈴木！

「啊，有熊熊。」

啊哇，是翼大人。

「這也是自己做的嗎？」

「……對。」

「好可愛。」

「……謝了。」

他真的……好萌！好帥喔～～！

「遼，你好早到。」

「是，早安。」

翼大人緩步走向遼坐的沙發，在遼對面坐下後，順勢躺下。

「健太來了再叫我。」

「是，了解。」

遼對翼大人也很有禮貌。他果然只對我一個人這麼凶。原來如此，遼就是這樣的人。

話說，他們很少一大早就來公司。我什麼都沒聽說，難道今天有什麼活動嗎？

「今天有活動嗎？」

「什麼？妳沒聽說嗎？」

遼在用手機，口氣很不耐煩，但還是回答我了。

「要開始了。」

「什麼要開始？」

「那場活動的行前會議。還能有什麼事？」

「哇喔，從來沒聽說。」

為工程師辦的大型活動。名字聽起來很酷，內容卻很單純。只是工程師們戴著智慧型眼鏡聚在一起吃飯聊天而已。參加費竟然要一人五萬圓，超貴。

「目前招到多少人？」

「……看妳的ＡＰＰ不就知道了？」

「啊，也對。」

我從包包拿出手機……熊手好礙事，這樣根本沒辦法拿手機。脫掉好了。

咦，沒想到這麼難脫。

嗯～～我用牙齒咬住……好，脫掉了。

——這時傳來第三次開門聲。

我望向門口。他就在那裡！

「熊熊噴射拳！」

「咦、哇、手？這什麼？」

我將剛脫下的熊手扔了出去！不過看來效果不佳！

「是佐藤啊，好久沒看妳穿這種服裝了。」

「……」

鈴木面帶微笑，口氣一如往常。

我看著那副表情，覺得、覺得……他超跩的。

「來，還妳。」

「……嗯。」

我接過熊手放進包包後拿出手機。接著無視鈴木，逕自看著手機……咦，我拿手機出來幹嘛？

「早安，大家都好早到。」

「健太哥早安。」

「早啊。」

遼立刻坐正，翼大人則揉著眼睛。

「好了，讓我們開始談正事吧。」

鈴木在遼與翼大人面對面的那張桌子側面跪下，從黑色公事包拿出紙筆和神祕的機器。迷你投影機。

該機器搭載了安卓作業系統，在桌上投影出類似於手機桌面的畫面。鈴木在桌上比劃了幾下，打開資料。

「首先要謝謝翼跟遼。目前有3734人報名，團體數是268，達成率約六成，最重要的第三天已額滿。很難想像兩個人能創下如此豐碩的成果……能和像你們這麼棒的人共事，我真幸福。」

我待在稍遠處聽他說話。

翼大人和平時一樣從容不迫，遼有些害羞，鈴木則一開場就快哭了。他們三個肯定在我加入之前就已經有所行動。

3734人。光靠人數很難知道有多厲害，所以我從收入來思考。一人要五萬圓，收入粗估為兩億。

才三個人就提供了價值兩億的服務。

我覺得這數字很驚人，背後一定有很多我不知道的辛苦之處。一想到此，我便能理解鈴木為何眼眶含淚，遼和翼大人為何一臉驕傲。

我有種被排除在外的感覺。才這麼想，鈴木便對我說：

「也謝謝佐藤。補習班的評論……尤其是洙田裕也先生那則評論，讓報名人數暴增。如果沒有妳的ＡＰＰ，根本無法處理那麼大量的報名申請。真的很謝謝妳。」

……他總是很會挑時機說這種話。

我的臉有點熱，別開視線。

鈴木無聲輕笑。

「接下來就是我的工作了。」

怎麼聽起來有點帥。

「我整理了可於活動當天提供餐點與人員的廠商名單，但還沒決定要委託哪些廠商，想聽聽你們的意見。」

看來他早就想好要說什麼了。

我遠遠地看著投影在桌面上的資料。

鈴木停了一次呼吸後說：

「佐藤，妳離太遠了。」

真自以為是，幹嘛顧慮我。

「過來吧。」

翼大人拍了拍他隔壁的座位。

我屏住呼吸。我知道若不趕快過去，氣氛就會變得很尷尬。但我的腳瞬間不聽使喚。

我感覺到些許隔閡。他們並沒有排擠我，也沒有說什麼決絕的話語。是我自己感受到他們三人的氛圍，覺得難以靠近。

「嘿咻！」

「……妳就不能正常地坐下嗎？」

我坐到遼隔壁，用身體撞他。遼被我撞之後出言抱怨，翼大人笑了出來。

「感情真好。」

「饒了我吧。」

遼看來真的很困擾。

我盯著桌面上的資料，說出感想。

「哇喔，鈴木的資料好詳細！」

「是不是塞太多東西了？」

「為我們說明一下吧！」

我可以融入他們的對話，這很簡單。

但我發言的分量和其他三人完全不同。

……我明白這點。

在前公司和同事們一起開發奧拉比系統時，也曾無數次像這樣討論事情。

正確來說只是很像而已，性質完全不同。

那是戰鬥，為了保護自己和同伴免受工作折磨而發起的戰鬥。

仔細想想，我一直以來都在拚命處理眼前的事情。這是我第一次看見人們懷有夢想並付諸實行後，即將實現夢想的模樣。

好耀眼，耀眼到難以睜眼直視。

但我心想，延續下去吧。希望他們三人的心意——他的心願，能夠延續到未來。

「披薩是一定要的啦！沒有工程師會討厭披薩！」

「是嗎……？佐藤喜歡怎樣的披薩？」

「那個，我喜歡加了塔塔醬的那種！」

所以我積極參與話題。

盡量展露笑容，讓他們多些活力。

＊　＊　＊

事務所亂成一團。

這幾天像是在學校過夜為校慶做準備一樣忙碌。

原以為沒有我可以幫忙的事，只能混入其中為他們加油——這個想法大錯特錯。我敢肯定，我是最辛苦的人！怎麼會這樣～～！

進入回憶！

——事情發生在會議結束之後。

「哎呀，老闆～～這下發財了吧～～？」

我賊賊地笑著問鈴木。

「怎麼突然這麼問？」

「你想嘛，一人五萬，共四千人，算起來是兩億吧？利潤超高！」

「喔～～妳是指這個啊。」

鈴木晃了晃肩膀。

然後說著「唔嗯」想了一下。

「利潤還是要依最後那天的收入而定。」

「最後那天？你要賣什麼？」

「應該快收到了。」

鈴木意味深長地說。

幾分鐘後，真的收到一大堆紙箱。

我打開其中一個。裡頭裝著智慧型眼鏡，以及我改造時需要用到的零件。總共有——

「兩千五百組。」

「……不會吧？」

「佐藤，這個只能拜託妳了。」

「……活動在什麼時候？」

「還有兩週。」

兩週，所以一天要趕一百八十個。

假設一個要花十分鐘……嗯，一天只要做三十個小時就來得及了呢！

「喂，鈴木，你腦子壞了嗎？」

「佐藤，這個只能拜託妳了。」

「物理上辦不到！幹嘛不早點講！只有我沒接收到資訊！」

鈴木合掌拜託我。

「抱歉，佐藤，這個只能拜託妳了。」
「你這個爛老闆！給我跪下～～！」
氣死了～～我看錯他了！
他是怎樣！剛剛還說「接下來就是我的工作了」，原來只是嘴上說說嗎？混帳！
突然就要開始爆肝趕工。我不斷拍打鈴木，向他抗議。
「重點是這個一組要多少錢？」
「五萬外加消費稅。」
粗略計算，這樣活動收入不就全都賠光了嗎？
而且有個前提令人費解。
「預算從哪裡來！」
「沒有預算。」
「咦？」
「活動結束後才要付款。」
……呃？
「如果沒這麼多人參加活動呢……？」
「我就死定了。」

……呃～～？

「佐藤，若有零風險的成功方法，應該早就有人做過了吧？」

鈴木死盯著某個點這麼說。

「開玩笑的，正因有勝算我們才敢這麼做。」

「……好。」

我感受到深深的恐懼，決定先不想預算的事。

我開始稍微認真思考。這場活動的核心是智慧型眼鏡，要利用這項新技術和ＡＩ結合，來達到工程師的媒合。因此理當為所有參加者準備智慧型眼鏡。

那為什麼拖到活動前才說！應該早點準備才對！——現在抱怨這些，已經太遲了。現在需要的是突破現狀的方法。

「活動第一天不能撥一小時出來組裝設備嗎？」

「噢，這是個很好的提議。」

「對吧對吧！」

「可是沒辦法，抱歉。行程已經確定了。」

「竟然～～！」

先給我希望再讓我失望，真沒人性！

「喂，瘋女人，妳要吵到什麼時候？」

「可是可是！」

「閉嘴，快點教我怎麼做。要吵之後再吵。」

「……哇！」

哎呀呀，遼這個傲嬌！他是想幫我吧？

「你怎麼會這麼可愛啊～～！」

「不要一直碰我，瘋女人。」

他好像真的很討厭，所以我就不鬧他了。

這樣就多了個人手。一天做十五個小時還應付得來……是嗎？

「好興奮。」

「……唔。」

等等、這、難道是……！

「……你要、幫我嗎？」

「當然。」

我愛你！我最愛你了，翼大人！不僅是個溫和的帥哥，而且為人親切，太完美了！

真的很感謝他們。三人一天只要做十小時，換算成一個月二十個上班日，加班時間也才四十個小時！符合勞基法規範，實際上等於沒有加班！超級輕鬆！

「好耶～～！上吧～～！兄弟們～～！」

「好～～」

「……好。」

愉快的「手工活」開始了。

我首先驚訝於翼大人的理解力。他竟然看過一次示範就能記住流程，好喜歡他。遼則很可愛。他是機械白痴，學了快一小時才有辦法獨自作業。他學會流程後，可能手還是不太靈巧，有時弄掉零件會不甘心地說聲「……唔」。反之若一次成功，則會一臉滿足地說聲「……呼」。要忍住摸頭稱讚他的衝動真的很辛苦。

接下來是簡單手工活中常遇到的狀況。

工程師在做簡單的手工活時，大多會有「最佳化」的衝動。就像有中二病的人右手會蠢蠢欲動一樣。

最初每副眼鏡要花十分鐘。經過兩小時將作業最佳化後，縮短為七分鐘。縮短了一碗泡麵的時間。比例上是三成，可說是相當不錯的成果，但這樣就心滿意足的話，就不配當工程師了。

我邊工作邊想。

七分鐘，這是物理上的極限。
若想加速，物理上行不通。
那麼解決方式只有一個。
一個人不行就兩個人！也就是多工並行！
我著眼於作業流程中的「等待時間」。基於機械性質，一定有段時間必須等待，這時就可以來處理下一副眼鏡——
於是我超越了摩爾定律，將一件七分鐘的工作縮短為三件十五分鐘。
啊，好有成就感。然後……嗯，我就膩了。
工程師常常會這樣。達成某項任務後就想玩樂。
現在當然沒時間玩樂。但是我的動力突然下降了。
這種時候我就會去煩別人。我當然知道這樣會給別人帶來困擾，所以對象要經過挑選。
翼大人……哇，他正一臉認真地俐落處理工作，簡直是國寶級帥哥～～><不容打擾。
遼……嗯，好可愛。他好像小孩，剛拿到新玩具，玩到忘記吃飯的那種，讓人看了忍不住微笑。也不容打擾。
鈴木……他從早上就一直在忙碌地打電話。
打擾講電話的人很不禮貌。我還是有最起碼的常識，會遵守禮節。所以我不會打擾講電話的人。不過打擾講電話的鈴木應該沒問題，一定沒問題。

「……」

我不發一語站在鈴木旁邊，露出微笑。

鈴木講著電話，用眼神詢問我有什麼事。但我不作任何回應。

他講完電話，嘆了口氣後，向我搭話。

「怎麼了？」

「來玩吧！」

「好直接。」

鈴木苦笑。

「你們想休息就休息吧。」

「你不休息嗎？」

「嗯，我還要下訂單、協調、和學生溝通。應該慶幸自己沒時間休息。」

「哇～～喔，根本是黑心公司。」

鈴木說了聲「對啊」，再度苦笑。

像這樣毫不休息持續工作，已經違反勞基法。但鈴木的眼睛卻閃閃發亮，彷彿工作（上課）時間結束後欣喜地加無薪班（參加社團）的國高中生一般，青春洋溢。

啊，原來如此。

難怪那麼耀眼。

「那我就去休息嘍。」

「嗯，辛苦了。」

鈴木對我微笑後，開始打下一通電話。我看了看他的側臉，便去突襲遼。

「去吃飯吧～～！」

「嗚哇！妳這麼瘋女人！妳害我搞砸了啦！」

「哇哈哈哈，別介意！吃飯比較重要！」

「不要鬧了，妳自己去。還有幫我修好這個。」

「呿～～」

我嘟起嘴開始修理。

順便示範給遼看如何優雅地處理他正在苦戰的部分，向他賠罪。

「來，修好了！」

「……喔。」

遼好像想說什麼。

「要再示範一次給你看嗎？」

「真的——不必！快去吃飯，瘋女人！」

「啊哈哈哈，好可怕～～！」

我幼稚地戲弄了他一下後才離開。

「妳非得要做一些事來拉低好感度就對了？」

「我聽不見～～！」

我哈哈笑著走出事務所。

笑容滿面地衝下樓梯……停住腳步……「呼」地嘆了口氣。

「……真耀眼。」

在動漫世界中，時光倒流是個熱門題材。青少年看這些故事當然也會覺得有趣，但大人和小孩的觀點很不一樣。

青春無法重來。

那是一段可以忘卻金錢、生活、前途，專心追逐夢想的時光。

例如參加社團，朝全國大賽邁進。我沒有那種經驗。我的青春期雖然過得還算充實，但沒有值得與他人分享的故事。

青春一去不復返。

長大後再看這些青春故事，常會覺得角色們很耀眼。

想開蛋糕店，想當職業運動員。當人越了解現實，兒時的夢想就會逐漸從記憶中淡去。我們長大後會慢慢從夢中甦醒。

長大後當然也有開心的事。對我來說，和夥伴們一同開發奧拉比系統的日子彌足珍貴。

但那終究不是夢。

那是在殘酷的現實中，拚命掙扎的故事。

所以才會覺得耀眼。

他經歷過的慘事肯定比我多，早已成為從夢中醒來的大人。然而，他仍像想朝全國大賽邁進的少年一樣閃耀。

看著他那樣的身影，讓我覺得想裝成熟而冷眼旁觀的自己相當狹隘。

「……啊～～啊～～啊～～」

我試著用叫聲抒發這股微妙的情緒。

好像沒什麼用，我忍不住苦笑。

別人常說我看起來好像沒煩惱，或者精神層面還是小學生。

哪有這種人啊？白痴～～

「……啊～～好糟。我這人好麻煩。」

如今我才明白一件事。

我總是只努力做好眼前的事，滿足於尚可的結果，過著大家口中的「普通人生」。奧拉比系統是我人生第一次拚命完成的工作。

直到現在，我才明白。

那曾是我的一切。除此之外，我沒有值得和人分享的經驗。

因此情緒滿溢而出。

直到現在才滿溢而出。

「……沒了，都沒了。」

現在那個系統怎麼樣了？

接手管理的人肯定很辛苦，公司也有一些工作停滯。所以公司才聯絡我，要找我回去。

我拒絕了，現在為時已晚。

儘管知道這樣不好，心裡還是有點痛快。

我很軟弱。是個氣量狹小，內心空虛的人。

但是，現在……從現在起——！

我「啪」地拍了一下雙頰。

這是我用以轉換心情的習慣，然而今天好像不太管用。我重複了兩三次。

直到臉頰開始微微發疼，才站起身。

「休息時間結束！」

我逞強地說，以趕跑感傷情緒。

接著便投身這場慶典。雖然還未忙到在事務所過夜，但在活動前，辦公室真的一直充滿校慶前的氛圍。

到了活動三天前，我們終於處理完兩千五百副智慧型眼鏡。

「結束了～～！」

我大叫，那三個男生則盯著天花板，發出筋疲力盡的嘆息聲。

過程真的很辛苦。正常情況下就已經很趕了，還發現一些產品瑕疵。儘管已設法修正，但真的趕到腦子都快燒壞。

「接下來只要辦好活動就行了！」

「嗯，對啊。」

鈴木疲憊地說：

「佐藤，可以請妳確認一下參加人數嗎？」

「為什麼？」

「這次的契約可以免費取消。我上週寄了提醒用的郵件，想知道現在少了多少人。」

「哇～～喔，這真讓人忐忑。」

我小心不要踩到地上的眼鏡，走到辦公室角落從包包中拿出手機後，打開APP——

「咦？」

「怎麼了？」

38。少了兩位數。

哪裡出錯了嗎？我重新整理畫面。

——32。

「鈴木，快把筆電拿出來！」

「呃，怎麼了？」

「別說了，動作快！」

「好，我這就拿。」

幾分鐘後，我點開APP紀錄。上面的取消紀錄多到令人難以置信。

「……為什麼？」

「喂，快說明一下。這些文字是什麼意思？現在是什麼狀況？」

我不理會遼，逕自檢查程式。不可能突然有這麼多人取消，一定是系統出了什麼問題。

——鈴鈴鈴鈴。事務所的電話響起。

我們幾個人眼神交會後，由鈴木去接電話。

「您好，我是KTR有限公司的鈴木。」
KTR由健太、翼、遼三人名字的縮寫組成。
喔，鈴木，還好你名字的縮寫不是N……電話一接通，我立刻失去說這種笑話的心情。
『啊～～鈴木先生。這是我第一次和你通電話吧？』
「不好意思，請問您是哪位？」
『哎呀呀，失禮了。』
鈴木皺起眉頭，看了看我們後，按下電話機上某個按鍵。是擴音鍵。
『佐藤愛在嗎？』
稍有年紀的男性嗓音。
「是，佐藤愛在。」
『喔～～那就好，我今天是想找她……不，在那之前先自我介紹吧。』
那個男人以愉悅的語氣說道。
『我是佐藤愛留下爛系統那間公司的新老闆。』
我起了雞皮疙瘩。
什麼？為什麼？我腦中浮現許多疑問，一片混亂。
『哎，真遺憾啊。你們好不容易辦了場活動，現在是不是沒人要參加了？』

他就像在替我們解答似的。

『你叫鈴木是吧？我真同情你。』

我腦袋理解發生了什麼事，但心拒絕接受結論。不，騙人。這不可能，太荒謬了。

『有佐藤愛這個地雷在，我們彼此都辛苦了。』

「恕我直言，這通電話全程錄音。若你敢侮辱我們公司員工，就得付出相應的代價。」

『代價？哈哈哈，真好笑。你能做什麼？你該不會真的相信法律之下人人平等吧？』

溫和的男聲轉而變得醜陋凶猛。

『佐藤愛，妳聽見了嗎？聽說妳和鈴木老闆是青梅竹馬？哎呀，人家好心收留妳，妳卻害他的計畫全部泡湯了。』

「閉嘴！」

鈴木大聲說道。

然而男人卻以更大的音量說：

『聽好了，佐藤愛！妳害我的經歷多了一道瑕疵！這是妳應得的報應！』

我掩住耳朵。

『妳現在心情如何？讓我聽聽妳的聲音。妳現在心情如何？』

即使如此仍擋不住他的聲音。

鈴木用我從未聽過的聲音大吼，但詛咒般的話語以更大的音量從我的指縫鑽入。

『佐藤愛！知道自己毀了恩人的人生，是什麼心情？告訴我——』

鈴木喀嚓一聲掛斷電話。

接著猛地扯掉電話線，用力捶向桌面。

「……怎麼回事？」

「遼，閉嘴。」

「意思是，那混帳策劃了這一切，讓我們招到的客戶全部取消報名了嗎？怎麼可能有這麼荒謬的事？」

「閉嘴！」

鈴木放聲大叫，眼眶含著淚水。遼見狀低下頭，握緊拳頭。

「社群網站燒起來了。我問了朋友，對方只回說對不起。」

翼大人流暢地說明。

但態度中少了平時的從容。

「這背後肯定有龐大的金流，從規模來看應該是組織所為。健太，這狀況很難扭轉。」

「翼，抱歉，給我一點時間。」

「……好。」

鈴木的聲音有些沙啞。

翼大人想說什麼卻只好閉上嘴。

「……」

我——

「……啊。」

我——

「……啊啊。」

彷彿校慶前的氣氛。

他們朝向夢想彼端前進的身影，那麼耀眼。

「……啊啊啊。」

我說不出話。

不知道該怎麼辦才好。

「……對不起。」

我勉強擠出這句話，但不知道說得是否清楚。

「……對不起。」

我再度擠出同一句話，但連自己也聽不見。

理解速度跟不上，就像在作一場惡夢。但我的腦袋不顧我的心，冷酷地開始處理訊息。

——我是壞人。

——壞人終有一天會被收拾掉。

狀況很單純。

我害一切都泡湯了。

「……對不起。」

這句道歉聽起來很空洞。

如果他們要我以死謝罪，我一定會照做。罪惡感重到連死都不足以消除。

我不敢抬頭。

不敢看他們。

假的，假的假的。這不可能是現實。一切不可能突然像場交通事故一樣，全部泡湯。我不願相信。然而不管我怎麼祈求，眼前的場景仍未改變。

好可怕。

討厭，好可怕。我不要……

「好，我決定了！」

劃破空氣般的聲音。我渾身顫抖，小心翼翼望向鈴木。

——時間彷彿停止了。

「健太哥，想報復的話儘管報復吧。」

「遼，把頭抬起來。」

遼抬起頭。

他內心的想法肯定和我一樣。

「你不甘心嗎？」

「……當、當然不甘心。」

「為什麼？」

「這還用說！健太哥不覺得嗎？」

「我氣到想殺了他。」

鈴木平時絕不會說這種話，遼目瞪口呆。

「不過，我同時也在想。」

他以拚命壓抑怒氣的表情說。

「這是常有的事。」

那一定不是字面上的意思。從他眼眶中的斗大淚珠可以看出，他完全無法接受這種事。

然而他仍積極向前——看著我露出微笑。

「為了守護自身利益，破壞其他公司的計畫，這種事很常見。我們以前肯定也遇過類似狀況，只是沒意識到而已……我們曾經為此生氣嗎？沒有。為什麼？我思考了一下原因。」

他深深吸了口氣。

「因為看不見。」

他邊說邊緩慢地吐氣。

「我們不會對看不見的對象生氣，而這次卻憤怒至極。因為我們知道對方是誰。」

他的語氣很平靜。

「對方刻意面朝後方，停下腳步。我們其實沒必要理會他。」

他依序望向我、遼和翼大人。

接著仰起頭，用手臂擦了擦眼淚，再度面向前方。而後瞇起紅腫的雙眼，以強而有力的語氣說道：

「我們要繼續前進。」

他像個調皮的孩子笑道：

「總有一天要從上方踩扁他。」

最後他瞥了我一眼。

但沒有向我搭話。

「翼，你應該想到好點子了吧？」

「邀請之前的學生來參加吧。」

「這樣啊，也就是說要轉成個人取向的活動嘍？」

「對。尤其是柳先生，是吧？可以請身為轉職仲介的他幫忙。想轉職的人行動上比較有彈性。這樣招到的人也會比較多。」

「好主意，我們趕緊行動吧。」

——我作了一場惡夢。

從天堂掉到地獄的巨大惡夢。

「這是客戶名單。遼，一半交給你可以嗎？」

「好，沒問題。」

他們三人在呆愣的我面前打起電話。

從一切都搞砸的惡夢中走出來，繼續前進，就像理當這麼做似的。

「喂，瘋女人，妳要放空到什麼時候？」

遼站在我面前說。

「……可是，都是我害的。」

「什麼？聽不見。」

他煩躁地抓了抓頭。

然後瞪著我說：

「妳真的很喜歡讓功過相抵呢。」

「……功過相抵？」

遼低頭望向腳邊。

地上放著大量的眼鏡。

「這不是妳立的功勞嗎？」

我全身顫抖起來。

「客戶都是被妳做的眼鏡吸引來的啊！」

這句話讓我從惡夢中甦醒。

遼撿起我不知何時掉在地上的手機，用力塞向我胸口。

「還有三天。我會努力，妳難道只會哭嗎？」

「……吵死了，笨蛋！」

我拍掉他的手並接過手機。

看向螢幕，但眼前一片模糊。我用手臂粗魯地擦了擦眼淚——面向前方。

「我要在社群網站上宣傳！」

我努力說出口。

遼滿意地將視線從我身上移開。

我望向翼大人。

他露出平時的柔和神情，點了點頭。

我最後看向鈴木。

他豎起大拇指，靦腆地笑著。

……啊，真是的，這要我怎麼辦？

氣死我了，那個小個子真氣人。

翼大人比平時還帥！

鈴木，該怎麼說……就是個笨蛋！

……啊，真是的，我該如何是好？

不能放棄。夢已結束，一切因我而泡湯。這次的損失肯定超過一億圓，接下來三天絕對補救不回來。

我們早已從夢中醒來，但仍不能放棄。

好熱血。我的心比懷著夢想時更熱血沸騰。

——我們要繼續前進。

「嗚喔喔喔喔喔喔喔喔！」

我邊吼邊用手機。

開始一一傳訊息給任何跟我有過交流的人。

中間一度查看活動APP。

報名數0。畫面上顯示著令人無奈的現實。

我明白這麼做沒用，已不可能挽救。

但這不能當作放棄的藉口。

遼說了，這是功過相抵。一無所有的我縱使失去了一切，也只是回到原點而已。

所以我不會放棄。

我會從現在起再度立功。

前往夢想的另一端。

＊　＊　＊

「一方是惹出爭議的無名新創公司，另一方是成果豐碩的知名企業。簡單來說，就是要您在這兩者之中選邊站。」

他叫西條秀俊，是RaWi公司最優秀的業務員。
「原來如此，你們真殘忍。」
對方是一名原本打算參加鈴木公司活動的經營者，聽完西條的敘述後露出苦笑。西條也跟著垂下眼眸。
「老實說，我心裡也不太舒服，但我還有家人要養，應該盡可能迴避不必要的風險。您也這麼認為吧？」
佐藤愛說遼的業務談話像魔法。他的確是天才，但業務經驗還不到十年。西條長年活躍於最前線，能力遠在遼之上。而且RaWi公司這次出動了上百名能力和西條差不多的業務員。
「……呼，終於結束了。」
處理完上級交付的工作後，西條大嘆一口氣。
心情差到極點。
這種事雖不罕見，但如果可以，他真不想做這種欺負弱者般的工作。
然而，反抗上級一點好處都沒有。
公司這次出動了上百人，他一個人提出異議也不能改變什麼。不僅如此，還可能受到減薪等處分。另一方面，若能成功達成目標，反而能拿到獎金。

「趕緊向公司回報後，去吃碗拉麵吧。」

西條用公司的手機回報。

這則報告會由技術部開發的奧拉比系統自動處理。

他想起這件事，手頓了一下。

「……這是報復吧？」

西條知道大致的來龍去脈。透過手中握有的資訊，可以拼湊出新老闆意圖報復的事實。

他要報復的，是原本一直支持著公司的系統開發者。

心情好差，但無法反抗。西條畢竟受僱於人，也只能遵從上級指示。

西條壓下罪惡感，完成回報工作。

——這樣的事在日本全國各地發生。

＊　＊　＊

「呼、呼哈哈、哈哈哈哈哈哈哈！」

笑聲在陰暗的老闆辦公室中響起。

那邪惡的笑聲持續了很久。

「啊～～真痛快。可惜沒聽見佐藤愛悔恨的聲音，但那個叫鈴木的男人反應太棒了。」

他用手按住笑到疼痛的腹部，再度確認手邊的資料。

「儘管這麼做費用龐大，但也不完全是我個人的娛樂。」

資料上寫著「三天後」那場大型活動的概要。

「雖然還在確認中，不過他們公司的人脈真不錯。這些人脈應該能讓我們賺很多錢。」

他在背後動手腳的同時，趁機將鈴木等人招攬到的客戶拉來參加自己辦的活動。

兩場活動內容差異不大，而且參加者不但不用付報名費，還能拿到好幾倍的錢。RaWi公司除了運用鈴木公司的「爭議」外，還稍微威脅了一下那些客戶。

一方是惡評如潮的無名新創公司，另一方是成果豐碩的知名企業。你是要付錢與後者為敵，還是拿錢幫後者一個忙？

其餘部分就交給業務員自由發揮。

簡直易如反掌。

「話說，他們真是太愚蠢了。竟然設定可以免費取消報名，簡直是想讓公司倒閉嘛。」

他說得沒錯。在商業世界，公司之間總是在爭奪有限的客戶。這次就算他沒動手腳，鈴木肯定也會在某處栽跟斗。

「這是必然的結果……呼、哈哈、哈哈哈哈哈！」

他說得沒錯。

對方的漏洞讓他得以想出這個縝密的計畫。

世界公平到殘酷的地步。而且任何結果背後都有原因，就像點燃紙張後會燒起來一樣。絕不可能發生奇蹟。因此——接下來發生的事並不是奇蹟。

＊　＊　＊

小田原茂今晚也沉浸在興趣中。

令人忙到頭暈的各種工作，每天耗損著他的精神。他最近連寶貴的假日都在陪精力充沛的女兒玩，已快到極限。不，應該超過了極限。

因此，他很享受這段盯著空氣，讓腦袋放空的時光。

最近還有一件期待的事。下次三天連假，他要久違地和家人去旅行。

三天兩夜的國內旅行。由於太過期待，他還卯起來換了支最新型的手機。看著那有點恐怖的三眼鏡頭，他總會開始想像全家會拍出怎樣的紀念照，止不住地微笑。

因此他更加煩惱了。

令他煩惱的，是程式設計補習班剛才傳來的訊息。

「請救救我們。」

那則訊息大概是這個意思。

參加費兩萬圓。

考慮到對方對他的恩情，這個金額並不算貴。問題是那場活動和家族旅遊撞期了。

……要提早一天結束旅行嗎？

這個煩惱直到他回家後，洗好澡也吃完飯仍縈繞在心頭。

「怎麼了？」

「嗯……啊哈哈，還真是瞞不過妳。」

妻子這麼問，他只好坦白。

「老實說……有恩人在向我求助。」

「什麼？該不會是想借錢吧？」

「不，不是借錢，只是想請我參加一天的活動，工程師聚在一起聊天的活動，參加費也不貴。可是……」

他欲言又止。

妻子嘆了口氣說：

「辦在接下來的連假對吧？」

「……對。我當然會以旅行為優先，但……想要至少撥一天去露個臉。」

妻子聽著他的敘述，心想他終於會把想法講出來了。

以前她丈夫老是愛把話悶在心裡。不過自從某一天起，他開始會笨拙地說「謝謝」。

她推測丈夫口中的恩人就是使他轉變的人，畢竟他的朋友很少。

她無奈地再嘆了口氣。

「去吧。」

「可以嗎？」

「反正旅行應該不會取消吧？」

「當然不會。」

她微笑。

「既然從三天改為兩天，就要讓我們玩得兩倍開心。」

「算起來不太對吧？」

「我記帳時都是用無條件進位。」

「……這樣啊。」

笑聲。在孩子們熟睡後的客廳裡，響起微微的笑聲。

小田原茂獲得了，或者應該說找回了家人的笑容。所以他決定報恩。

——1。

＊　＊　＊

「咦，活動？」

『沒錯！真・程式設計補習班正在邀請工程師們參加聚會！這是拓展人脈的好機會！一定要參加！』

「真……喔，佐藤小姐的公司。」

洙田裕也下了班，正從車站走回家。

他在和協助自己的轉職仲介柳先生通電話。

「佐藤小姐辦的活動我一定要參加。」

『就是說嘛！那我就幫你報名嘍！』

「啊，請等一下。呃，是免費的嗎？」

『你說參加費？要兩萬塊！』

「兩萬塊……」

這個金額並不高，但他沒有多餘的錢。

他還是做著薪水低於基本工資的派遣工作。上個月他替公司將簡單的打字工作自動化後，和公司續了約，薪水也調漲了些，然而待遇還是和學生打工族差不多。

洙田的荷包很吃緊。

他手頭總是沒錢，很難一下子籌出兩萬。

『我來付！』

「咦，不行啦。」

『沒關係！』

「可是我沒什麼能報答你的……」

柳在電話另一頭笑了出來。洙田不明白有什麼好笑的，接著柳答道：

『那麼等你找到新工作，實現夢想後，再請我喝一杯吧！』

洙田停下腳步。對方聽起來不像在開玩笑。不對，柳就是會若無其事說出這種話的人。

他深深覺得自己總是遇到一些好人。

「不好意思，那我就不客氣了。」

『好！活動就辦在接下來的三天連假！你有其他行程嗎？』

「呃……沒問題，我三天都可以。」

『我知道了！之後會再通知你！』

「好，麻煩你了。」

隔了一會兒，雙方掛斷電話。

洙田愣愣地仰望天空，看著黑暗中隱約浮現的雲。

「……對了，跟老師說一聲好了。」

老師指的是那位大學教授。那次之後，他每週都會去找老師。雖非義務，但他還是覺得該說一聲。

「老師，請問您現在有空嗎？」

洙田邊走邊講電話。他的視線和以前不同，直視著前方。他的眼睛看見了比以前更廣闊的風景。

——3。

＊　＊　＊

「哼哼哼～～調理包，調理包，真好吃～～」

深夜，本間百合回到家後，哼著令人有些害怕的曲調，將咖哩調理包放進微波爐加熱。

遊戲順利發布後，還來不及感受餘韻，隨即展開下一波開發。小傲嬌本間百合如今被升為開發組長，過著依舊忙碌但充實的日子。

「咦，姊姊傳LANE給我？」

姊姊指的當然就是佐藤愛。

百合點開訊息。

愛：『百合，救命～～』

百合：『怎麼了？』

她以脊髓反射回完訊息，佐藤便以聊天機器人般的速度，傳來一個連結。

愛：『我們在招募參加者！』

百合：『ＯＫ，沒問題！』

她先答應後才點開連結。

「什、什麼……！可以和愛姊姊親密接觸一整天的活動？」

網頁內容明明就不是這樣。

「兩萬塊！好便宜！可是三天要六萬！有點貴！怎麼辦……啊，對了！」

她再度用起手機，將連結轉傳給公司老闆，並附上訊息。

百合：『阿渡，這個可以報帳嗎？』

等了十秒，對方還沒讀。

「嘖，反應好慢。我要先斬後奏嘍。」

性急的百合說了聲不合理的抱怨。

「對了，分享給松崎先生好了。」

那位年長的工程師幾乎和她同時期進公司。她向對方學習艱深的技術，並教對方一些相對小眾的年輕人文化。

她將連結傳給對方，附上「跟你分享」這句話後，微波爐便傳來「叮」的一聲。

「喔，咖哩好了！」

她拿出咖哩調理包，放入即食白飯，再度啟動微波爐。

這樣的飲食生活很不健康，但她的表情比以前開朗多了。

「呼～～好期待愛姊姊的粉絲見面會。」

再說一次，網頁上並沒有這樣的敘述。

總而言之，百合三天全報了。

——6。

＊　＊　＊

松崎剛每天都起得很早。

早上五點一醒來便離開被窩。他強韌的精神不會屈服於睡回籠覺的誘惑。

洗漱完畢後，便拿著咖啡開始看新聞和報紙。最近還會用手機看一下社群網站。

他對一件事深感懊悔。轉至現在的職場前，他曾在某公司擔任部長，卻未能將下屬的奮鬥歷程傳達給上級，使自己的部門受到輕蔑對待。

因此他轉職時刻意選了年輕公司。

他胸懷大志，這次一定要幫助那些有前途的年輕人。

「喔？本間小姐傳私人訊息給我？」

和「跟你分享」這句話附在一起的，是一行網址。

「嗯，辦給工程師的活動？」

松崎認真端詳那個網頁。除了活動內容外，他很好奇是誰辦的，因此點了網頁下方的「公司簡介」。頁面切換後顯示出一張照片，令他忍不住「喔」地叫出聲來。

「佐藤小姐……原來她轉到這間公司了。」

那麼他非去不可。身為一個無力拯救任何下屬的沒用主管，他一直希望能找機會彌補。

活動辦在接下來的三天連假。

一天兩萬，全程參加的話要六萬。

這個金額並未讓他遲疑。

松崎當到大企業的部長，而且又是單身，有的是時間和金錢。

他和不熟悉的智慧型手機苦戰一番後，報名了三天的活動，接著打開社群網站。

『報名參加ｉｎｇ』。

他發了一則用字有點過時的推文，附上百合傳來的網址。

——9。

＊　＊　＊

擴散，擴散。

真．程式設計補習班傳給學生，佐藤愛傳給朋友，朋友再傳給朋友。

效果當然很微弱。就算這項資訊呈指數型擴散，看到資訊的人也不一定願意付錢參加。

「喔？松崎先生報名了什麼活動？」

這個男人是松崎以前的下屬。

也是——和佐藤愛一同開發奧拉比系統的夥伴之一。

「……原來是這麼回事。」

他和松崎一樣瀏覽起公司簡介，看見照片忍不住落淚。

「太好了，佐藤小姐看起來很開心……哎，這是當然的。」

總之他報名了第一天。

「照片上穿的是套裝，不知道她還有沒有在Cosplay？」

他回想起當時的情景，臉上浮現笑容。想起自己受她幫助了無數次，覺得有些懷念。

「啊，對了……」

他點開自己追隨中的名單。

因為想起之前有個人曾表示對奧拉比系統感興趣。

他並非有意要宣傳，但工程師這種生物總是會將有用的資訊分享給他人。換言之，他只是依照平時的習慣，不經意地將資訊分享出去。

——10。

＊　＊　＊

「呼～～真是累死我了。」

神崎央橙洗完澡，喝著咖啡牛奶說道。

「那麼～～今天也來戳泡泡吧。」

他的右手一如往常拿著手機。

泡泡指的是社群網站上的通知。

神崎熟練地確認各種訊息。99％都是垃圾訊息，可以不用理會。不過偶爾會有令他眼睛一亮的資訊，所以他將這項行為稱作挖寶。

「好啦，寶物快出來。」

滑過，滑過，滑過。

他以機械般的速度處理龐大的資訊。

「咦，這個我有印象。」

他倒回去看剛才滑掉的訊息。

『您前陣子有提到奧拉比系統對吧？那位系統開發者最近要辦活動，分享給您。開發者叫佐藤愛。』

……奧拉比？奧拉比……奧拉比系統！

「真的假的！那是人類開發的？呃，也是啦！等等，等一下……」

神崎冷靜下來，查核這項資訊。他想確認傳訊息給自己的人，是否真的是相關人士。

神崎見過奧拉比系統的原始碼和操作手冊，裡面有開發者的名字。他記得很清楚。

AiSato——佐藤愛。

神崎還以為那是人工智慧的名字，這應該只有內部人員才知道。

「是真的！是真的耶！實在太酷炫了！」

神崎像孩子般興奮，打開連結。接著毫不猶豫地報名了三場。

「啊，糟糕，我的行程……算了，以活動優先！」

看見報名成功畫面三度出現後，他吐了吐舌頭說。

「來發一則推文。」

然後他像平時一樣發布資訊。

『奧拉比系統的開發者會出席這場活動！真的超期待。我已經手刀全報了。』

短短32個字帶來了轉機。

——13。

＊　＊　＊

有一群人名為意見領袖。

他們往往散發著某些個人魅力，在網路上擁有大批追隨者。

凡是他或她說好吃的零食，都會從超市消失；稱讚過的衣服都會接到大量訂單，被一掃而空。因此，意見領袖發文說要「參加」的活動會怎麼樣？結果可想而知。

『哇喔，神崎要參加？那當然要去啊。』

——48。

『奧拉比系統是什麼？』

『神崎之前好像有提過。』

『找到了，就是這個。能讓神崎這麼興奮，肯定很厲害。』

——92。

『聽說神崎要辦粉絲見面會耶。』
『不，神崎的目的應該是奧拉比系統。』
『奧拉比系統是？』
『我以前是那間公司的人。簡單來說，就是一個可以使某金融系統達到五成自動化的東西。』
『太扯了吧？可是神崎也有興趣，讓人好在意……』

——165。

擴散，擴散。
朋友傳給朋友，再傳給朋友。
『我知道這間公司，真‧程式設計補習班。我現在就在那裡上課，真的很優質。』
『真‧程式設計補習班？名字雖然很俗，但我記得同事對這間補習班讚不絕口。這次的活動好像很有趣。』

堅持到最後一刻的「四人」的聲音輾轉傳進意見領袖耳裡，爆發開來。

——232。

『奧拉比系統和神崎上發燒了，笑死。』

『連結中的這間公司之前好像出過爭議耶。』

當消息被更多人看見時，一些出乎意料的相關資訊便會隨之浮現。

『有人說那間公司很爛耶，神崎沒被騙吧？』

『我查了一下爭議事件的背景，該不會是有人在背後放消息吧？活動內容全部是抄來的啊。』

『轉推　真是場完美的自導自演，笑死。』

被這些資訊吸引來的，大多是想看熱鬧的人。不過資訊本身也不斷傳開，逐漸傳到知道內情的人耳裡。

『最近很紅的那件事，其實是大企業想整垮新創公司。前陣子有一些垃圾業務來我們公司，讓人超不爽。』

『啊～～垃圾業務跑來遊說的就是這個。老實說我不太想管，但神崎竟然也發了消息。

那就非參加不可了。』

——482。

『我做了懶人包。』

『你動作好快。』

『天啊，若是真的，可說是一大醜聞。』

資訊爆發式擴散，已無人能阻止。

『河道上吵成一片，發生什麼事了？』

『這裡有好懂的懶人包。』

『我看到都叫出來了，有夠過分。』

不久後，資訊從社群網站擴散出來，以各種媒介傳開。

例如這個靠在自家沙發上休息的男人。

他看見下屬寄來的郵件，瞇起眼睛。

——山本先生，這是我們原本要參加的活動對吧？

「活動……對了，辦在接下來三天連假的活動。」

——我們接到通知，說要改參加其他活動。山本先生知道些什麼嗎？

「其他活動？我怎麼不知道？」

他點開郵件中的網址以確認細節，以及更進一步的資訊。

「這是怎麼回事！」

他怒氣沖沖拿起電話，打給公司的ＣＥＯ——執行長。對方亦是創業以來與他共事至今的好友。

「你現在方便講電話嗎？接下來的連假，技術部門本來要參加一場活動，現在是什麼情況？」

『活動？……喔，沒錯。我前陣子和ＲａＷｉ的老闆聊過。』

簡而言之，ＣＥＯ聽完新老闆的遊說，便決定改參加其他活動。

「抱歉，請你拒絕他。」

ＣＥＯ問為什麼，男人作為技術部門的最高負責人，理直氣壯地說：

「我們是因為景仰佐藤愛工程師，才會報名那場活動。」

『……噢，原來如此。可是很抱歉，情況有點複雜。』

「算了，我們自己行動。」

男人掛斷電話，打開下屬寄來的其中一個連結。那是鈴木他們公司的活動介紹。他連到公司簡介的網頁，看見員工介紹附的合照。他見過其中兩個人。

辯才無礙的藍眼青年，以及——

「嗯，就是她，佐藤愛，我記得很清楚。她真是位優秀的工程師。」

他接著打開報名頁面，看見參加費兩萬圓，瞇起眼睛。

「竟然降價了，真可惜。」

男人喃喃自語完，將報名頁面傳給下屬。

原定參加活動的人請務必報名，其他人可自由參加。一定會學到很多。報名費由我支付。

——1042。

擴散，擴散。

資訊不停擴散。

——在那間爭議公司上班的祕書，看到資訊後手腳發抖。她原本想立刻向新老闆報告，但最後選擇無視。因為她判斷已經太遲了。

——在那間爭議公司擔任業務的西條秀俊，忍不住在網路上爆料。爆料內容瞬間傳開，他嚇到刪除文章，但反而是提油救火。

傳開來的資訊又回到一開始的發源地。

「哇，討論得真熱烈。」

神崎看著幾個小時前的推文，發出驚呼。

他查了一下細節後，想起一件不愉快的回憶。

「啊～～我想起來了，就是那個令人不爽的老頭。」

他繼續挖掘資訊，忽然看見一則推文。

——我是那間爭議公司的前員工，新老闆真的是個爛人。我們工程師才不是數字，別小看我們。啊～～想著想著又要生氣了。

「喔，他說得真好。」

神崎露出笑容，像個正準備惡作劇的孩子。

而後引用那則推文，發文說道：

『我超懂。#工程師不是數字。』

不起眼的關鍵字配上不經意的留言。

這句話卻像朝成堆的炸藥扔下手榴彈。

神崎在「絕妙的時機」說的這句「意味深長的話」，使爭議越演越烈。

擴散，擴散。

資訊無止境地持續擴散。

＊　＊　＊

活動當天。

開始前一小時。

鈴木正在和派遣公司的活動組長交談。

「——流程大概是這樣。」

「好的，沒問題。」

這是活動前最後一次開會。

「不過……真的很抱歉。」

鈴木簡單地說明狀況，並表示今天的活動可能會很無聊。男子聽完說明後歪起頭，疑惑地說：

「啊，您不知道嗎？」

這次換鈴木歪起頭。

「這幾天網路上很多人在討論這場活動——」

他這才看到相關資訊。

＊　＊　＊

我陷入愁雲慘霧。

這三天來我不眠不休地聯絡朋友和認識的人。然而明確答應會來的，只有四個人。

今天早上我心想自己人緣真差，無精打采地搭上電車。

我今天難得身穿普通套裝，是一件尺寸稍大的洋裝。裡頭穿著熱門動畫的Cosplay服，是一部描述校園偶像的動畫。我將洋裝硬套在Cosplay服上，因此身形看起來有點奇怪，但我今天就是想穿這套服裝。

在我Cosplay的這部動畫中，有段內容是儘管只有一位觀眾來看演唱會，主角仍賣力表演。我從中獲得了勇氣，所以選了這件衣服。

我抵達會場後，前往集合地點。

那裡還只有鈴木一個人。

「早安。」

「啊，佐藤，早安。」

什麼嘛，這傢伙看起來心情很好啊。

不過，也對，身上背負了超過一億圓的負債，遇到這種慘況也只能笑了。

啊～～唔～～啊～～我該怎麼負責才好？

「佐藤，可以請妳負責帶位嗎？站在門口指引客人。」

「……嗯，好啊。」

他心情好到讓人覺得怪怪的。

我儘管有點害怕，仍順從地答應。

離活動開始還有一小時。

我心想應該還沒有人來吧，走過去一看，卻意外看到一個人。

「百合～～！」

「啊，早安。」

我衝過去抱住她。

「謝謝～～！妳真的來了～～！」

「嘿嘿，當然啦。我期待到整晚都沒睡呢。」

「臭死了～～」

「好過分！」

我開著玩笑，用力抱住嬌小的百合，摸摸她的頭。她散發出一股恰到好處的甜味。

「對了，佐藤小姐，今天真是恭喜妳。」

「嗯？什麼事？」

「什麼事……咦，妳不知道嗎？」

「唔嗯？」

我想了一下，想不出來。我這幾天都在組裝眼鏡，發垃圾留言，吃的都是Cal◯rieMate能量食品。沒發生什麼值得開心的事。

「那就算了，讓我對妳撒嬌到最後一刻吧。」

「哎呀，百合還真愛撒嬌。」

「……我只對愛姊姊這樣。」

在這幸福洋溢的氣氛下，我寵愛著百合，比平常更用力地逃避現實。

大約過了十分鐘——

「佐藤小姐，好久不見。」

「嗯？喔、喔～～！部長！好久不見！」

看見熟悉的面孔，害我興奮了一下。

「您怎麼會來這裡？」

「實不相瞞，我和本間小姐轉職到同一間公司，這場活動是她告訴我的。」

「喔～～！咦，百合，是這樣嗎？」

「……呃咦？什麼事？」

我抱著百合轉了半圈，讓她面向部長。

「啊，松崎先生！你好早到！」

「……啊哈哈，妳真的沒發現我啊？」

「呃，不好意思，我太專心了。」

他們自然地對話起來。確定他們真的認識後，我心想世界真小。

部長加入我們，三個人開始閒聊，這時又有人出現了。

「松崎先生、佐藤小姐，好久不見。」

熟悉的面孔。

是以前和我一起開發奧拉比系統的同事。

「咦、咦、什麼？你怎麼會來？」

「我看到松崎先生的推文，就來啦。」

「太可愛了吧！謝謝～～！」

「啊哈哈，妳還是這麼有精神。最近沒Cosplay啦？」
「有啊，在這件衣服底下！要脫給你看嗎？」
「不、不行！妳在說什麼！」
我只是在開玩笑，百合卻認真地阻止我。
我笑了起來，四個人開始說說笑笑。幾分鐘後，又有人來了。
「呃，請問是佐藤愛小姐嗎？」
是個活潑的大叔，我不認識他。
「我，不，在下名叫神崎，是妳的粉絲。」
……呃，怪人？
我稍微提高警戒，這時其他三人叫了出來。
「咦，是本人嗎？」
百合說。
「好驚訝，沒想到你這樣的大人物也會來。」
松崎先生說。
「…………」
前同事的雙眼像少女漫畫般閃閃發亮。

什麼什麼，怎麼回事？

——啊！喂，那是神崎吧？

我正感到疑惑時，遠處傳來叫喊聲。而後我——目瞪口呆。

「嗚哇～～真的來了一堆人。」

自稱神崎的男人看見那群人後喃喃自語。

「別、別擔心！我來保護愛姊姊！」

百合緊靠著我說。

我萬分驚訝，無法置信。

「佐藤小姐，我，不，在下……算了。我待會再來，期待和妳聊天。」

他有些高傲地說完，戴起口罩和眼鏡離開隊伍。

「排尾在這裡！」

熟悉的聲音傳來。

我回過神，往聲音方向望去。

是翼大人和遼，以及大量的工作人員。

在他們的引導下，一群又一群的人在我面前排成人龍。一部分人追著神崎先生離開隊伍，即使如此仍瞬間就看不見排尾在哪裡。

「加油。」
翼大人經過我的右側。
我覺得好像在作夢。
「喂，別發呆了。」
遼經過我左側。
我還是覺得像在作夢。
「百合，妳可以捏一下我的臉嗎？」
「咦，親妳的臉嗎？」
「也可以。」
「開、開開、開玩笑的啦。」
百合手足無措，捏了捏我的臉。
「……好痛。」
「呃，那個，是這樣對吧？」
會痛，不是作夢。
我不知道這是怎麼回事，只知道這不是夢。總之，這不是夢！
「……」

我露出笑容。

情緒開始沸騰。

我抓著下襬，一口氣脫掉那身拘謹的套裝。

接著將套裝交給百合，以平時的Cosplay裝扮喊道：

「各位～～！請盡量排靠近一點～～！別擔心，現場只有工程師～～！展現你們的高效率吧～～！」

她穿著高中制服？

這裡是同人誌販售會嗎？

群眾開始躁動。

我放棄理解，接受現狀。

「要走嘍～～！」

我喊完便將人龍帶往入口。

——鈴木在稍遠處滿意地看著這幅景象。

「太好了。」

鈴木看著佐藤的笑容喃喃自語。

而後再度看向手機。

聽派遣公司的活動組長說完，他看了那篇文章。

文章中詳細記載這三天發生的事。

帶動這一切的是一名意見領袖。

他發文說要參加活動後，資訊就爆發式擴散，導致本來被隱匿的實情暴露在陽光下。

演變成議論紛紛的事件。

這次的爭議和以往有些不同。

工程師不是數字。

就像這句標語所代表的，許多工程師——最擅於處理資訊的人參與了這場議論。

不過這些事全是後來附加的。

鈴木在意的只有一件事。

奧拉比系統。

佐藤創造出的藝術品抓住了一位知名工程師的心，進而引發了這次事件。

他露出笑容。

像自己被稱讚一樣感到驕傲。

重要的是她在笑。笑得如此開朗，彷彿前幾天不曾流淚一樣，鈴木見到後徹底放心了。

「好，該去忙了。」

他伸了個懶腰轉換心情。

下一秒，口袋中的工作用手機震動起來。

不明來電。

鈴木納悶不知道是誰，接起電話。

「您好，我是鈴木。」

『混帳，你做了什麼？』

這聲音他有印象，立刻察覺到對方是誰。

「您還沒看過那篇文章嗎？」

『我問你做了什麼！快說！』

吵死了。

鈴木開啟擴音，將手機遠離耳朵。

「我什麼都沒做。」

『胡扯！要是你什麼都沒做，我們怎麼會有九成以上的工程師都跑去你們那邊！』

九成。鈴木原本不曉得具體數字，聽完真心感到訝異。而後心想。

這個男人傷了她三次。

在家庭餐廳重逢時，她流著淚說自己不甘心。一陣子之後，她接到前公司要她回去的通知，悶悶不樂。還有前幾天那件事——光是想到就快要氣瘋了。

他深吸一口氣。

「工程師不是數字。」

『你在說什麼？』

「你真的不懂嗎？」

電話另一頭傳來急促的呼吸聲，想必是在思考該說什麼。鈴木明白這點，以沉穩的聲音說：

「其實我也不懂。」

『你在耍我嗎？』

「不，我真的不懂。畢竟造成這結果的不是我，而是佐藤愛。」

『佐藤愛？』

鈴木望向開心地帶位的佐藤說：

「你遊說了幾間公司，搶走原本要參加我們活動的人。我也一樣，向許多公司推銷，招募參加者。」

這是他的真心話。

「她不一樣，她總是把心思放在面前的人身上。」

『哼，別說廢話！這些事跟這次的結果有什麼關係？』

「簡單來說，就是你太無知了。」

『你說我無知！』

他叫到破音。

鈴木對暴怒的新老闆繼續說道：

「你要不要來真．程式設計補習班上課呢？」

『……補習班？』

「對，遇到不懂的事只要弄懂就行了。你該釐清這次失敗的理由，下次才能成功。」

『少自以為是了！』

「我的目的是改變世界，不是和人像小孩一樣爭吵。」

和你不一樣。

對方理解到他話語背後的諷刺，因而啞口無言。

「現在還來得及。你應該試著了解工程師，了解這群支持公司的人，一次也好。放心吧，我們補習班不會拋下有價值的人。」

這種話說好聽一點像熱血教師，說難聽一點只是甜言蜜語。就算隔著電話說服了新老闆，也不可能讓他改過自新。鈴木也明白這點。

「哎呀，不好意思，我忘了一件事。」

那語氣誇張到像在演戲。

鈴木將嘴靠近手機，緩緩說道：

「我們不歡迎沒經驗的人。」

他語帶笑意。

像是在說「你是個沒價值的人」。

『鈴木……鈴木、鈴木鈴木鈴木！你竟敢侮辱我！』

對方氣急敗壞。

鈴木堅定地回答：

「我不會侮辱別人。」

他以成熟的方式報仇。

「畢竟，在經營者的世界，結果就是一切。」

這是句勝利宣言，意味著「我不把你放在眼裡」。

這句話完全粉碎了新老闆自詡為優秀經營者的尊嚴。

鈴木聽見「砰」的撞擊聲。

他推測應該是電話另一頭的手機掉落在地。

對方理解自己徹底輸了。

這有時比跪地磕頭還令人感到屈辱。

對人而言，殺傷力最大的並非他人的話語。新老闆現在肯定在自我譴責。

那麼鈴木就沒必要再多說什麼了。

「那我要掛電話了，等一下會很忙。」

他掛斷電話，吐了吐舌頭。

接著伸了個懶腰，輕嘆口氣。

臉上帶著笑容前往活動會場。

＊　＊　＊

真是手忙腳亂的一天。

鈴木向派遣人員道謝，送走翼和遼後，尋找佐藤的身影。

她在活動中總是被大批工程師包圍。

每次看見她，她都笑容滿面，鈴木這才徹底放心。

「最後一次見到她是在活動快結束時，她當時在門口送客，該不會和客人一起去續攤了吧？佐藤應該不會翹掉工作去續攤……不，有可能。」

正當他認真煩惱時，身後傳來朝他跑來的腳步聲。

他轉頭。

就在這時，對方撲向了他。

猛地擒抱他。

鈴木被推倒在地，後背一陣疼痛，看都不用看犯人就抱怨道：

「很痛耶，佐藤。」

「誰叫你不接住我，笨蛋。」

「啊哈哈，妳還是這麼莽撞。」

這本來會是令人心跳加速的狀況，但在她無厘頭的行動下，完全沒有曖昧的氣氛。

「怎麼了？」

「……」

鈴木問，對方沒回答。

「累了嗎？」

「……」

再問了一次，對方還是沒回答。

他傻眼地嘆口氣，仰望暗紅色的天空。

再過幾分鐘就要天黑了。

鈴木呆愣地想，希望她能在天黑前開口。

過了一分鐘、兩分鐘。

佐藤依舊什麼話都沒說。

「佐藤，今天真的很謝謝妳。」

鈴木望著天空喃喃說道。

「如果沒有妳，一切都不可能實現。」

「……才不呢。」

「一開口就說這句？」

鈴木笑了起來，佐藤為了掩飾害羞，拍打他的肩膀。

「……我超擔心的。」

接著她小聲地說。

「還以為我讓一切都泡湯了。」

「妳的心思意外細膩呢。」

「不准說意外！」

佐藤拍打他另一邊肩膀。

鈴木輕聲笑了笑，再度問道：

「所以妳是怎麼了？」

「……不准笑喔。」

「我不會笑的。」

「絕對不能笑喔。」

佐藤強調了好幾次。

接著深吸一口氣，抬起頭說：

「我感到好佩服。」

鈴木不禁屏息。

「我也辦得到嗎？」

鈴木無法回答。

他看得太入迷了。

那口吻彷彿小孩在談論夢想。

但她說這話時，表情卻無疑是個成熟的大人。

鈴木不由得覺得那樣很美。

「喂，回答我啊。」

佐藤鬧起脾氣，捏了捏鈴木的臉。

剛才那副表情完全消失。見到佐藤恢復成平時的樣子，鈴木忍不住笑了。

「啊～～！你竟敢笑！」

「抱歉，很痛，別打我啦。」

佐藤不斷擊打鈴木。

鈴木任由她打了一陣子後，抓住她柔軟的手腕。

「妳辦得到。」

他露出真摯的眼神說。

「其實成就今天這場活動的，就是妳。」

「……可是，我什麼都沒做啊。」

「妳認為是這樣啊？那就這樣吧。」

「什麼意思～～」

佐藤顯得不太開心。

鈴木笑到肩膀微微搖晃。

「我們走吧，明天還要早起。」

「……嗯。」

她有些不悅地回完話，先站了起來，然後朝鈴木伸出手。鈴木正準備抓住那隻手時——

她倏地將手抽開，害鈴木跌坐在地。

「佐藤？」

「耶～～！傻子～～！」

佐藤哈哈大笑，小跑步離開。

鈴木站起身，無奈地對她說：

「那邊是反方向！」

「啥米！」

佐藤發出奇怪的尖叫折了回來。鈴木有點想捉弄她，也開始小跑步。

「等、等、等一下！別拋下我，我一個人回不了家！」

「別擔心，我明天再去接妳。」

「我會感冒啦～～！」

兩人的對話有些幼稚。

她追在咯咯笑的鈴木後頭。

「鈴木！」

「幹嘛？」
我很快就會追上你。
她忍住這句話，對他說：
「沒事！」
這句「沒事」聽來有點言外之意。鈴木試著思考背後的含意，但想想還是算了。
他們像孩子一樣互相追趕，跑到車站。搭上電車後兩人故作鎮定，內心卻想著「啊～明天應該會肌肉痠痛吧」這種無聊小事。
兩人眼神交會。
彷彿能知道對方在想什麼。
然後別開視線。
咬著嘴唇忍住笑意。
他們都覺得這種孩子般的互動實在太好玩了。
這肯定是因為兩人有著同樣的目標。他們多次見證現實的殘酷，從小時候的夢中醒來，長大成人。即使如此仍懷抱著遠大的目標，開始往夢想的另一端前進。
「對了，我忘了說一件事。」
「又是無聊的小事？」

「對，無聊的小事。」

佐藤笑容滿面地站到鈴木旁邊。

而後稍微將臉靠向他耳邊，小聲說道：

「我也很高興能和健太重逢。」

怎樣！知道我的厲害了吧！

她在心中吶喊。

「……真是拿妳沒辦法。」

他受不了對方的目光，忍不住別開視線。

她見到後笑了起來，打從心底開心地笑了起來。

加筆番外篇

加筆番外篇　她開始Cosplay的理由

死亡行軍（Death march）是ＩＴ業界的俗語，意指開發系統時超時工作的狀況。原本是少部分人私底下在用的詞，隨著黑心企業成為社會問題，這個詞也變得廣為人知，動漫愛好者和資訊相關科系的學生尤為熟悉。因此，兼具這兩種身分的佐藤愛不可能不知道這個詞。

然而她不理解背後的意義。不，所有輕易使用這個詞的人可能都不理解。

死亡行軍，代表著讓人心理出問題，正如字面般消耗生命，朝地獄前進的狀況。佐藤大學畢業進公司，結束一個月的研修後，便被分配到這樣的部門。這時她才第一次理解這個詞的意義。

「喂！這個爛程式碼是誰寫的？」

「吵死了，就是你自己啦！給我閉嘴！」

系統管理室。這裡只聽得見叫罵聲，以及像在發洩壓力般的激烈打字聲。每天一大早刷過晶片識別證進到辦公室後，很少在午夜十二點前離開，連午休都坐在電腦前。

佐藤坐在離出入口最近的位置。右側是負責指導她的主管，再過去是和她同期進公司的同事。

兩名新人一進來就被交代要管好幾個系統。

「抱歉，這裡沒有操作手冊。不過功能很簡單，就只是顯示資料庫的內容而已，細節可以參考我剛才告訴妳的目錄。有什麼不清楚的儘管問我。」

主管向她說明工作時，眼睛總是盯著螢幕。

佐藤覺得他的聲音好像一天比一天虛弱。

預感成真。她來到該部門三個月後，主管就病倒了。由部長松崎代為指導新人。

為了和部長談事情，佐藤第一次到系統管理室外用餐。

「我有天也會變成那樣吧。」

一路上，同期喃喃自語。

佐藤以空洞的眼神望著同期。

「開什麼玩笑，我聽說這裡是良心企業才進來的，現在是怎樣？但若這麼快就換工作，履歷會不好看。重點是我們連逃跑的時間都沒有。什麼鬼？什麼鬼？這到底是什麼鬼？」

他說著說著就吐了。佐藤像在作夢似的，不帶情緒看著這一幕。隨後部長趕到，將他送往醫院。

處理完同期的事情後，佐藤第一次和部長說到話。

「抱歉，佐藤小姐。」

部長一開口就向她道歉。

「要是我更有能力，就能安排適當的人數，改變這種狀況……」

他握著拳頭，看起來萬分懊惱。

「佐藤小姐，妳對自動化有興趣嗎？」

「……自動化？」

「對。我們部門從以前就人手不足，但隨著公司擴大，工作卻越來越多，這樣下去一定會崩解。我無論如何都想守住下屬們至今拚命換來的成果。」

部長用力到拳頭都在發抖，眼眶泛淚，像是在回想某些情景似的微微抬頭說了這番話。

這一幕映在了佐藤的眼中，也刻在了她的記憶與靈魂上。

「所以需要自動化。若能減少一些工作，大家會比較輕鬆。妳手上的工作全部由我接手，妳專心研究自動化，好嗎？」

這句話表面上聽來是請求或詢問，實際上是個不容拒絕的命令。然而不知為何，佐藤並沒有被強迫的感覺。

「……我試試看。」

「謝謝妳，但也別太勉強自己。」

而後佐藤如常工作到深夜，步行回家。

她最近一回到家就會昏睡過去，這天卻睡不著覺。

隔天到了公司，向部長打完招呼後，便開始思考如何讓工作自動化。

不過當然不可能立刻想出好點子。

十分鐘、一小時、兩小時過去，一點進展都沒有。

佐藤感到頭痛想吐，但仍繼續思考。

最後她咬著下唇，將手伸向鍵盤。

並非因為想到什麼，而是無法忍受什麼都不做。

她先打開之前管理的系統，叫出原始碼，然而還是沒有進展。看著黑底上各種顏色的原始碼，不管看了多久，依舊找不出答案。

不安感越發擴大。佐藤害怕起來，像要逃避什麼似的閉起眼睛。

阻斷視覺後，聽覺開始變敏銳。佐藤聽見各處傳來的聲音。她平常最討厭這些聲音，討厭的理由有很多，例如單純覺得害怕、聽了會不舒服，總之就是討厭。

「喂，薩德蘭的事問了嗎？」

「抱歉！我立刻寫信過去！」

薩德蘭聽來像專有名詞，應該是系統名。

他們交談的內容明明就很正常，為何需要大吼大叫？佐藤無法理解。

同樣的日子持續了一陣子，她忽然發覺自己最討厭的那些聲音，其實很像運動社團會有的對話。

「喂，怎麼睡著啦？」

「抱歉，我恍神了一下。」

「要睡就回家睡！恢復得比較快！」

「少囉嗦，我受夠了，白痴！」

這些人好像意外地感情還不錯。

佐藤意識到這件事後，才明白部長流著淚說的那番話。

——我無論如何都想守住下屬們至今拚命換來的成果。

初來乍到的佐藤對這裡自然沒什麼感情。

不過神奇的是，有了這小小的共鳴後，頭痛竟然消失了。

「佐藤小姐，差不多可以回家了。」

「……沒關係，我再待一下。」

她開始全心投入工作。

兩天回家一次成了她的習慣，連身邊的人都為她感到擔憂。

不過佐藤才剛從大學畢業。對理科生而言，在研究室過夜並非罕見的事。她有體力和精神能應付那樣的生活。

話雖如此，還是會累積疲勞。她每天在公司盯著電腦，回到家就像關機的電器一樣，只顧著睡覺。

有一天，她回家時踩到地上的遙控器，偶然看見電視上播的動畫。好久沒接觸ＡＣＧ了。那是部平凡的日常系動畫，畫面中有個可愛的女孩正使盡全力在做菜。

她流下淚來。儘管沒有任何感動場景，角色努力的樣子仍觸動了她的心。

她也想和那名角色一樣。

佐藤認真看完動畫。彷彿絕食好幾天終於進食般，臉上滿是從脆弱的心流出的眼淚，看著那平凡的日常光景。

幾天後，她幾乎是無意識地製作了Cosplay服，穿著去上班。

「「「…………」」」

辦公室平常充滿了叫罵聲。

唯獨那天異常安靜。

「完成了。」

同一天下午，佐藤這麼對松崎部長說。

其他同事聽見後停下手邊工作，有些緊張地望著她。

松崎無視周圍的壓力和那奇特的服裝，勉強開口問道。

「呃，妳完成什麼了？」

佐藤沒有回答，而是將手伸向松崎手邊的鍵盤，輸入幾個指令。

「……這是……」

電腦螢幕上顯示出一行又一行的Log。松崎瞇眼看了一會兒，才發現那是平常以人力輸出的Log，驚訝地睜大眼睛。

「佐藤小姐，可以請妳說明一下嗎？」

佐藤想了一下該說什麼，但想不到。長期累積的疲勞讓她意識模糊。

——小愛，加油。

她產生了幻聽。腦中浮現動畫角色說的話，她不自覺將那些話說了出來。

「你還問啊，部長？討厭～～當然是自動化啊～～」

動畫般的歡樂語調使周圍空氣凝結。

佐藤回過神來，背上冷汗直流。

「佐藤小姐。」

一名同事喚道。佐藤彷彿俎上之肉般，忐忑地望向聲音來源。

「妳扮的是《米拉帕耶》的毛毛嗎？」

「……啊，你、你知道啊？」

「喔，還真的啊。品質太差了，我剛剛沒看出來。」

「好過分！」

他們的對話使某人笑了出來。

「咦，那是毛毛？」

「呃，可是，說起來確實有那個感覺。」

「喂喂，這裡是怎樣？怎麼都是阿宅？」

「什麼？誰敢瞧不起《米拉帕耶》，我就詛咒他寫的程式裡出現全形空白！」

同事們瞬間熱絡地聊起來，佐藤呆愣地看著這一幕。

「抱歉，佐藤小姐，這群人總是長不大。」

「松崎先生，這樣說我們太過分了吧？」

過了十五分鐘，佐藤開始解說那個系統。那還很粗糙，尚未最佳化。然而是個嶄新的點子，讓所有工程師聽完都驚訝不已。

「好像可以應用在其他系統上？」

有人這麼說。

「佐藤小姐，我把手上的工作傳給妳看，幫我想想能不能用在我的工作上好嗎？」

「不，佐藤小姐，還是先幫我看吧。這傢伙有口臭，他的事之後再說。」

「什麼？」

「說你臭啦！不准張嘴，白痴！」

他們的互動令佐藤笑了出來，原本在吵架的兩人難為情地閉上嘴。

「兩邊我都會幫忙看，順序就由你們猜拳決定吧！」

佐藤開朗的聲音和幾天前判若兩人。

於是，她著手開發那個後來名為奧拉比的系統。

這就是她開始Cosplay的理由。

從這天起，佐藤每天都會穿著Cosplay服上班。她後來因為穿著Cosplay服搭電車而被投訴，便改在公司換裝，不過從來沒有同事抱怨過她穿著奇裝異服上班這件事。

笑容變多了。

位於這群人中心的，正是身穿充滿手工感Cosplay服的員工——佐藤愛。

後記

各位好，我是想讓世界充滿更多笑容的小學生（概念）「下城米　雪」。

我和小愛一樣是個阿宅，每一季都會追完兩位數的動畫，此外還會看大量的漫畫和輕小說。輕小說除了故事本身外，我也很喜歡後記。好想再看下去，不希望它完結。看後記時的心情，就像在看電影的片尾彩蛋一樣。因此我每次都看得很開心，想不到自己有天也會成為寫後記的人……人生會發生什麼真的很難說。

不知大家覺得這部作品如何呢？這是「成為小說家吧」出版作品中少見的現代故事，而且連一點奇幻要素都沒有，更是稀有。連經常接觸ACG的我都很少看到這類型的故事，所以應該能帶給大家一些新鮮感。

我在作品中也曾描述過，ACG對我這種阿宅而言是精神糧食。每當痛苦、難過、快要撐不下去時，故事總能給我勇氣。用ACG治好流感也是親身經歷。

如果本作對某些人而言，能像那些故事之於我一樣，我會感到無比幸福。

能夠多讓一個人展露笑容，就是我所描繪的夢想彼端。

連我自己也覺得這麼說很帥。因此我想談一些骯髒的事，來達到功過相抵的效果。骯髒的事……小學生……沒錯，就是錢啦！

我要來宣傳！

本作已確定漫畫化！請於「PASH UP！」網站等各大平台上，欣賞表情生動的小愛！還可欣賞到少女漫畫小劇場等漫畫特有的表現手法！千萬別錯過！

另外！

故事會不會繼續寫下去！取決於！銷售量！因此請大家推銷給朋友和認識的人，也可寫下書評向陌生人傳教，或偷偷在工程師同事桌上放一本，如果能多買幾本也很好！網友常在討論，作者比較喜歡讀者買電子版還是紙本，對我來說當然是「兩種都買」最好，拜託大家了！

好，這樣應該就功過相抵了！

接下來是謝詞。

感謝松居責編從初次接洽到出版一直全力支持我；感謝蕭AI工程師以和我不同的觀點為故事提供靈感；感謝icchi老師將小愛設計得這麼可愛，將KTR三人組設計得這麼帥氣。此外，本書還受到許多人協助才得以出版。請容我在此表達謝意。

熊熊勇闖異世界 1~13 待續

Kadokawa Fantastic Novels

作者：くまなの　插畫：029

優奈將在灼熱之地，
展開新的沙漠冒險！

受國王所託的優奈，為了將克拉肯的魔石送達，動身前往國境城市——迪賽特。抵達迪賽特城後，優奈在冒險者公會認識了懷有某個重大煩惱的領主女兒——卡麗娜。為了實現她的願望，優奈將挑戰魔物橫行的金字塔迷宮!?

各 **NT$230~270/HK$70~83**

爆肝工程師的異世界狂想曲 1~19 待續

Kadokawa Fantastic Novels

作者：愛七ひろ　插畫：shri

佐藤等人與對亞里沙和露露施加「強制」的宮廷魔術師直接對決！

佐藤一行人被宰相直接任命為觀光省副大臣，久違地踏上馬車之旅！一行人溫吞地享受泛舟、於各地與朋友再會，有時順便幫助難民。然而他們在旅途中得到了對亞里沙與露露施加「強制」，讓兩人淪為奴隸的宮廷魔術師的情報……？

各 **NT$220~280/HK$68~93**

國家圖書館出版品預行編目資料

咦,一手包辦公司系統的我被開除了嗎?/下城米雪作 ; 馮鈺婷譯. -- 初版. -- 臺北市 : 臺灣角川股份有限公司, 2022.03-

冊 ; 公分. -- (Kadokawa fantastic novels)

譯自 : え、社内システム全てワンオペしている私を解雇ですか?

ISBN 978-626-321-282-4(第1冊 : 平裝)

861.57 111000487

Kadokawa
Fantastic
Novels

咦，一手包辦公司系統的我被開除了嗎？ 1

（原著名：え、社内システム全てワンオペしている私を解雇ですか？）

2022年3月28日　初版第1刷發行

作　者：下城米雪
插　畫：icchi
譯　者：馮鈺婷

發行人：岩崎剛人
總編輯：蔡佩芬
編　輯：孫千棻
美術設計：吳佳昀
印　務：李明修（主任）、張加恩（主任）、張凱棋

發行所：台灣角川股份有限公司
地　址：104台北市中山區松江路223號3樓
電　話：(02)2515-3000
傳　真：(02)2515-0033
網　址：www.kadokawa.com.tw
劃撥帳戶：台灣角川股份有限公司
劃撥帳號：19487412
法律顧問：有澤法律事務所
製　版：巨茂科技印刷有限公司
ISBN：978-626-321-282-4